चौदह पंखों की उड़ान

AF764889

मनीषा जोशी

सन्मति पब्लिशर्स एण्ड डिस्ट्रीब्यूटर्स

ISBN: 978-93-851936-2-0
© मनीषा जोशी

प्रकाशक
सन्मति पब्लिशर्स एण्ड डिस्ट्रीब्यूटर्स

मुख्य कार्यालयः
बी–347, संजय विहार,
मेरठ रोड, हापुड़–245101 (उ0प्र0)

प्रशासनिक कार्यालयः
एच–211, सेक्टर–63,
नोएडा (उ0प्र0)
Email: sanmati555@gmail.com
मो. 8439645104, 09997184964

प्रथम संस्करणः 2016

डिजाईन एण्ड टाईप सैटिंग
RETROTECH

मन की बात

कहानियाँ पढ़ते और गढ़ते न जाने जीवन के कितने बसंत बीत गए। बचपन से ही कहानी पढ़ना मेरा एक शौक रहा है, कहानी पढ़ने और गढ़ने की इस रुचि को साहित्यिक दिशा तब मिली जब 'सिर्फ तुम' साझा कहानी संग्रह में पहली बार कहानी लिखने का अवसर मुझे आगमन के संस्थापक पवन जैन जी की उदारता के कारण प्राप्त हुआ। जिसमें कहानी लेखन प्रतियोगिता होने के कारण, मेरी कहानी 'सिर्फ तुम' को द्वितीय स्थान प्राप्त हुआ था। साथ ही एक अन्य कहानी 'मिड डे मील' जो एक लघु कहानी थी, उसे भी लोगों की सराहना मिली। लोगो के प्रोत्साहन के कारण ही मुझे **'चौदह पंखो की उड़ान'** कहानी–संग्रह लिखने की प्रेरणा मिली। **'चौदह पंखो की उड़ान'** में आपको जिन्दगी के अलग–अलग रंग देखने को मिलेंगे। मैनें कुछ कहानियाँ हमारे आसपास की जिन्दगी से ली है तो कुछ कहानियां काल्पनिक है। प्रत्येक कहानी सन्देश वाहक का कार्य करती है। चौदह कहानी होने के कारण मैंने इसे 'चौदह पंखो की उड़ान' नाम दिया है। प्रत्येक कहानी आपको अपने से बांध वहां उठा ले जायेगी जहां मेरी कहानी के किरदार है, ऐसा मेरा मानना है। जहां एक तरफ मैंने स्त्री अधिकारों की बात की है तो वही दूसरी तरफ पुरूष को भी उसके गुणो और सुकर्मों के लिए सराहा है। जहां एक बेवफा पुरूष को दिखाया है तो दूसरी तरफ स्त्रियों की बेवफाई से भी रूबरू कराया है। जहां समाज की कुरूतियो की तरफ इशारा किया है वही उसका समाधान भी बताया है इस तरह आपको मेरी कहानियों मे अनेक भावनात्मक उड़ाने भरने को मिलेगी। आप सबका आशिर्वाद मुझे मिले इसी कामना के साथ मैं इस कहानी–संग्रह के पाठको को नमन करती हूं और यह कहानी संग्रह मैं अपने परिवार को समर्पित करती हूं।

धन्यवाद

मनीषा जोशी 'मनी'

हृदय तल से कुछ भाव उठे,
कुछ मन के पंखों में आई जान।
थामी कलम हथेली में, और
भर ली चौदह पंखों की उड़ान ।
शुभकामनाऐ

कमलेश कुमार वर्मा

अनुक्रमिका

पीहू

16 साल की पीहू के चेहरे की खुशी देखने लायक थी, इतनी खुश वो कभी भी नही हुई थी पर आज, आज बात ही कुछ अलग थी, अपनी नई माँ का स्वागत जो करना था उसे आज, कितने समय के बाद आखिर ये दिन आ ही गया। दादी ने उसे उसके पिता, सोमेश और माँ नूपुर की जबसे सारी कहानी बताई थी, कि उसकी माँ नूपुर, उसके पिता और उसे कैसे और क्यों छोड़ कर चली गई थी? तब से ही पीहू के मन में पिता की दूसरी शादी करवाने का ख्याल घूमने लगा था। पीहू ने अपने पिता से दादी की कही बातें जब पूछी थी तो सोमेश को भी उससे सच्चाई छुपाना ठीक नही लगा था। इसलिये, सोमेश ने भी उससे सच्चाई नही छुपाई, इन सब बातों के कारण पीहू के मन मे अपनी माँ के लिये बहुत नफरत आ गई थी। उस समय पीहू 14 वर्ष की थी जब उसे दादी ने उसकी माँ की सच्चाई बताई थी कि कैसे उसकी माँ लड़–झगड़ कर उसके पिता को अकेला छोड़ कर चली गई थी। दरअसल बात उन दिनों की है जब सोमेश एक मामूली क्लर्क था और उसकी नयी–नयी नौकरी लगी थी। सोमेश के पिता तो बचपन मे ही गुजर गये थे, माँ ने ही गाँव में कभी खेती कर, कभी लोगों के कपड़े सिलकर सोमेश को पढ़ाया लिखाया व उसकी परवरिश की। सोमेश के पिता को बँटवारे मे एक कच्चा छोटा सा घर व एक जमीन का टुकड़ा मिला था, पिता की मृत्यु के बाद उसी घर पर दोनों माँ–बेटा रहते थे। माँ की मृत्यु के बाद उस जमीन व घर को बेचकर सोमेश कोलकाता शहर आ गया। जल्दी ही वहाँ उसे क्लर्क की नौकरी मिल गई। सोमेश का व्यक्तित्व आकर्षक था। वह कोलकाता में एक जगह किराये का कमरा लेकर रहता था। नूपुर उसके मकान मालिक उपेन्द्र बाबू की इकलौती बेटी थी। नूपुर के पिता का कपड़े का बहुत बड़ा कारोबार था, साथ ही उसने जमीन के एक बहुत बड़े क्षेत्र मे कई कमरे बनावाकर उन्हें किराये पर दे रखा था। वो जमीन उपेन्द्र ने किसी समय बहुत सस्ते दामों में खरीदी थी, और उसमें साधारण से कम खर्च में कमरे बनवाये थे। अक्सर बाहर से आने वाले लड़के उन कमरों को किराये में लेते थे। कुछ पढाई के लिये तो कुछ नये–नये शहर में जो बसने आते वो लोग। उससे उपेन्द्र अच्छा धन कमा लेता था, पैसा और रुतबे के कारण सब उसे उपेन्द्र बाबू कहा करते। एक दिन नूपुर की नज़र सोमेश पर पड़ी। नूपुर को सोमेश पहली नजर मे ही बहुत पसंद आ गया था।

इसलिये नूपुर कोई न कोई बहाने से सोमेश से मिलती रहती। सोमेश तो सहमा–सहमा ही रहता था। मगर नूपुर बिन्दास और चंचल, धीरे–धीरे उसे भी नूपुर भाने लगी और एक दिन नूपुर ने जब उसके लिये अपने जज्बात उसे बताये तो सोमेश ने भी उसे अपने दिल की बात बता दी कि वो भी उसे प्रेम करता है। जब उपेन्द्र बाबू को ये बात मालूम हुई तो उसने अपने गुण्डों से पिटवाकर सोमेश को कमरे से बाहर फिकवा दिया। सोमेश को वो जगह छोड़नी पड़ी, फिर वो उसी इलाके में कुछ दूर पर दूसरी जगह किराये मे रहने लगा। कुछ दिनों बाद नूपुर उसे ढूंठते हुऐ वहाँ भी आ पहुँची। दोनो एक दूसरे से मिलने को बेकरार थे, बहुत देर तक दोनो एक दूसरे के साथ रहे। फिर जब–जब भी उन्हे मौका मिलता वो एक दूसरे से मिल लेते थे। धीरे–धीरे मुलाकातों का सिलसिला बढ़ने लगा।

एक दिन नूपुर ने सोमेश को बताया कि वो उसके बच्चे की माँ बनने वाली है। सोमेश को कुछ समझ नही आ रहा था कि क्या करे? उसे पता था नूपुर के पिता ये बात सुनकर उसको जिन्दा नही छोड़ेगें और उनके प्यार को कभी नही समझेगें। इसलिये दोनों ने मंदिर मे जाकर चुपके से शादी कर ली। जब नूपुर के पिता को ये बात पता चली तो उसने दोनों से संबंध न रखने की कसम खाई और अपनी इकलौती बेटी को जायदाद से बेदखल कर दिया। दोनों उसी किराये के घर मे रह रहे थे। कभी–कभी नूपुर को जब उसके पिता रास्ते मे मिल जाते तो नजरें दूसरी तरफ घुमा देते। शुरू–शुरू मे तो नूपुर और सोमेश के दिन बहुत प्रेम से गुजरे। सोमेश ने शादी के लिये कुछ पैसे भी जमा किये थे जो गाँव की जमीन बेचकर मिले थे। उस पैसे से नूपुर को कुछ कपड़े–जेवर खरीद दिये व कुछ पैसे घूमने–फिरने मे भी खर्च कर दिये। समय पंख लगाकर गुजर गया। नौ माह कब बीते पता ही नही चला और फिर एक दिन परिवार की नन्ही परी 'पीहू' ने भी जन्म ले लिया। पीहू थोडी कमजोर बच्ची थी, डाक्टर ने उसकी विशेष देखभाल करने को बोला था मगर नूपुर उस पर कम ही ध्यान देती। यहाँ तक वह उसे अपना दूध भी नही पिलाती थी।

जब सोमेश उसे इस बात के लिये टोकता तो वो बोल देती दूध उतरता ही नही तो मैं क्या करूँ?

सोमेश बोलता तुम माँ हो, अपनी ममता जगाओ तो दूध उतरे।

तो नूपुर बोलती रात भर रोती है, सो भी नही पाती मैं, कभी गन्दगी साफ करो कभी दूध बनाओ। मैं क्या इंसान नही, बस अक्सर दोनो की ऐसी ही बातों से लड़ाई हो

जाती। कभी पीहू को लेकर, कभी घर खर्च को लेकर। घर खर्च भी बहुत बढ़ गये थे पीहू का डिब्बा दूध, जो हफ्ते मे खत्म हो जाता, नूपुर की दवाइयाँ, पीहू की दवाइयाँ, खर्च लगातार बढ़ते ही जा रहे थे। नूपुर को काम करने की आदत नही थी, वह बहुत जल्दी थक जाती थी, पीहू को भी ठीक से देख नही पाती। पीहू को तो पड़ौस की एक दादी ने ही पाला, वही उसकी मालिश करती नहलाती और अक्सर अपने पास ही सुला लेती। कई बार सोमेश के घर पहुँचने पर नूपुर सोई मिलती और पीहू पड़ोस की दादी के पास। फिर सोमेश ही पीहू को घर लाता, नूपुर से कुछ कहता तो वह बोलती उन्हें अच्छा लगता है पीहू के साथ खेलना, ले जाती है उसे, मैं मना तो नही कर सकती। सोमेश कहता, 'तुम्हें क्यों नही अच्छा लगता पीहू के साथ खेलना।' बस फिर दोनों की लड़ाई शुरू हो जाती।

जब पीहू 10 महीने की हो गई तो एक दिन नूपुर को पता चला उसके पिता बीमार होने के कारण कुछ दिनों से अस्पताल मे भर्ती हैं। नूपुर को पिता से मिलने की बहुत इच्छा हुई, वो सोमेश को बिना बताए पिता से मिलने अस्पताल चली गई। वहाँ पिता (उपेन्द्र बाबू) के मुनीम का बेटा रोहन उनकी देखभाल कर रहा था। रोहन पढ़ा लिखा समझदार लड़का था। जिसने कोलकता के एक होस्टल मे रहकर बिजनेस की पढ़ाई करी थी और अब मैनेजर के पद पर उपेन्द्र बाबू के पास ही काम कर रहा था। नूपुर को कमरे में झाँकते देखकर वो तुरंत कमरे से बाहर आ गया, बोला 'नूपुर तुम यहाँ क्यों आई? उपेन्द्र बाबू देखेंगे तो गुस्सा करेंगे।'

उपेन्द्र बाबू सब सुन रहे थे बोले कौन है? अंदर आ जाओ नूपुर भीतर चली गई। पिता की हालत देख फूट–फूट कर रोने लगी। उपेन्द्र बाबू ने भी पहली बार नूपुर को इतना रोते देखा उनका दिल पसीज गया। नूपुर पहले से काफी कमजोर भी हो गई थी। उसकी दशा देखकर कोई भी जान जाता वह खुश नही है। पिता के पूछने पर नूपुर ने अपने सब हालात बता दिये। उपेन्द्र सोमेश को कोसता रहा, मगर अब नूपुर को सोमेश के लिये अपशब्द सुनकर दुख नही सुकून मिल रहा था। फिर रोज वो अस्पताल आती और रोज सोमेश से हुई लड़ाई–झगड़े की बातें पिता को बताती। पिता नूपुर की बातें सुनकर सोमेश से नफरत करने लग गये। अस्पताल मे रोहन उपेन्द्र बाबू के साथ साथ नूपुर का भी बड़ा ध्यान रखता। समय–समय पर चाय–पानी और सोमेश के घर पहुँचने से पहले नूपुर को घर तक छोड़ भी आता। दादी जब यह सब देखती तो उसे बिलकुल अच्छा नही लगता। 15 दिन बाद नूपुर के पिता को अस्पताल से छुट्टी मिल

गई। उस दिन सोमेश घर जल्दी आ गया, घर पर नूपुर को न देख वह पड़ौस की दादी के घर गया। दादी पीहू को बोतल से दूध पिला रही थी और नूपुर को कोसती जा रही थी। जैसे ही उसकी नजर सोमेश पर गई उसने नूपुर की सारी बातें सोमेश को बता दी। सोमेश सारी बातें जानकर गुस्से से पागल हो गया। पीहू को लेकर घर पहुँचा तभी नूपुर भी आ गई। सोमेश उसको देखते ही बोला कितनी लापरवाह औरत हो तुम, छोटी सी बच्ची को रोज अकेला छोड़ कर चली जाती हो जरा सा भी शर्म नही तुम्हें?

नूपुर बोली, 'मेरे पिता बीमार है, क्या मैं देखने भी नही जा सकती?'

सोमेश बोला, 'मैनें कब मना किया तुम्हे? मगर तुमने मुझे बताना भी मुनासिब ना समझा?'

नूपुर बोली, 'बता देती तो क्या मिलने देते तुम मुझे? जब से शादी करी है घुट–घुट कर ही जी रही हूं। तुमने तकलीफ और लड़ाईयों के सिवा दिया ही क्या मुझे? कितनी बड़ी भूल कर दी मैने तुमसे शादी करके? कितने आराम से रहती थी मैं पापा के घर? आज तुमने मुझे किसी लायक नही रखा। अपने बीमार पिता के लिये फल भी नही ले पाती हूं इतनी गरीबी कभी नही देखी मैनें।'

सोमेश बोला, 'जाओ फिर अपने पिता के घर ही चली जाओ, जियो आराम की जिन्दगी। वैसे भी प्यार तो बचा ही नही तुम्हारी नजरों मे मेरे लिये। हर वक्त झगड़ने को तैयार रहती हो। यह भी नही सोचती थका हुआ आता हूं, बस बक–बक–बक। तुम ही आई थी मेरे पास मैं तो खुद अपनी गरीबी की वजह से तुमसे दूर रहता था मगर उस वक्त तो तुम पर प्यार का नशा चढ़ा था जो इतनी जल्दी उतर भी गया। मुझे नही मालूम था तुम ऐसे बदलोगी, जाओ उसी ऐशो आराम की दुनियाँ मे चली जाओ।'

नूपुर बोली, 'हाँ चली जाऊँगी मैं पापा के पास।'

सोमेश बोला, 'जाओ सब अपने मन का करो।' नूपुर ने कपड़े–गहने एक बैग में रखे, पीहू को उठाया और जाने लगी।

सोमेश उसको जाते देखकर घबरा गया बोला, 'यह क्या कर रही हो? वो सब तो मैंने गुस्से में बोल दिया था। तुम मुझे छोड़कर नहीं जा सकती। मैं तुम्हारा वही सोमेश हूं जिसके साथ तुमने जीने मरने की कसम खाई थी।' वह एक–एक कर पुरानी बातें याद दिलाने लगा।

मगर नूपुर कहाँ सुनती? सोमेश ने बहुत रोकने मनाने की कोशिश की पर वह

नही मानी। फिर सोमेश ने उसकी गोद से पीहू को ले लिया, बोला, 'पीहू कहीं नहीं जायेगी।' उसे यकीन था पीहू को छोड़कर वह भी नही जायेगी चाहे वो कितनी ही लापरवाह हो पर हैं तो पीहू की माँ। लेकिन नूपुर ने ठान ली थी वह अब यहाँ नही रहेगी। वह अकेले ही पीहू को छोड़ कर जाने लगी तभी दादी आ गई। उन्होंने नूपुर को बहुत मनाया मगर वह नही मानी। पीहू जोर–जोर की आवाज सुनकर डरकर रोने लगी पर नूपुर पीहू को रोता हुआ छोड़कर चली गई।

कुछ दिनों बाद उपेन्द्र बाबू अपने कुछ लठैतों के साथ सोमेश के पास आये और तलाक के कागजात पर सोमेश के दस्तखत करा कर चले गये। साथ ही नूपुर से न मिलने की सख्त हिदायत भी दे गये। मगर सोमेश ने आखिरी कोशिश की। वह उपेन्द्र बाबू के घर के आस–पास घूमता रहा। अचानक उसे नूपुर दिखी। उसने नूपुर को आवाज लगाई। नूपुर गेट पर मिलने भी आ गई पर उसकी बातों से जो निराशा सोमेश को हुई उसकी पीड़ा आज तक उसके दिल मे थी।

वह बोली, 'तुमसे प्यार शादी सब एक बहुत बडी भूल थी। शायद किशोरावस्था के बहाव में मैं भी बह गई थी। असलियत व सच्चाई इन सब बातों से बहुत अलग होती है शायद मै तब यह नहीं जानती थी। मैं इन सब सुविधाओं के बिना नही रह पाऊंगी और पिताजी मेरी जायदाद मेरे नाम तब ही करेंगे जब मैं तुम्हे छोड़कर रोहन से शादी करूँगी। इसलिये मैं जल्दी ही रोहन से शादी करने वाली हूं। हाँ पीहू की मुझे हमेशा याद आयेगी मगर नये जीवन में उसे लाना मुनासिब न होगा। मैं जानती हूं उसे तुम मुझसे अच्छी परवरिश दोगे और मुझे अगर तुमने सच्चे दिल से चाहा है तो मुझे मेरी नई जिन्दगी मे सुकून से जीने देना। आज के बाद मेरी जिन्दगी से अपना नाम पोंछ देना।' यह कहकर वो चली गई।

सोमेश उसकी बातें सुनकर जड़ सा हो गया। क्या सोचकर आया और क्या सुनकर जा रहा है? दुख से छाती फटी जा रही थी। उसे उसके कानों पर यकीन नहीं आ रहा था, उसे नूपुर के मुँह से निकला हर शब्द उपेन्द्र बाबू का सा प्रतीत हो रहा था। घर आकर दादी के सामने वह फूट–फूट कर रोने लगा। दादी के बहुत समझाने पर जैसे–तैसे चुप तो हो गया पर उस रात वो पीहू को सीने से लगाकर न जाने कितनी देर तक रोता रहा। दूसरे दिन सुबह सुबह दादी आ गई पीहू को लेने के लिये बोली, 'बेटा जब तक मैं जिन्दा हूं पीहू की चिन्ता मत करना। मेरा भी तो इस दुनियाँ मे कोई नही है एक बेटा था जो फिरंगन से शादी कर वही बस गया। आज तक पूछा भी नही

इस बूढ़ी माँ को। बस पति की पेन्शन का सहारा है, वह भी नही मिलती तो मैं शायद भूखी मरती। बेटा जिन्दगी की एक अच्छी बात जानते हो क्या है वह अच्छे लोगो को बहुत देर तक अकेला नही छोड़ती। कोई न कोई उनकी जिन्दगी मे जरूर मिल जाता है। जैसे मुझे तुम मिल गये।'

तभी सोमेश बोला और मुझे आप माँ। आज से मैं आपको माँ ही कहूँगा। बूढ़ी आँखे नम हो गई अच्छा अभी तो आफिस जा। कहकर वो पीहू को देखने लगी। सोमेश चला गया। धीरे–धीरे वक्त बीतता रहा, दिन गुजरते रहे और पीहू बड़ी हो गई। सोमेश की मेहनत से उसे कई प्रमोशन मिल गये, उसे बहुत अच्छी तनख्वाह मिलने लगी। कई बार उसे रास्ते मे नूपुर अपने पति रोहन के साथ मिल जाती पर सोमेश उसको देखता भी नही था। पीहू के स्कूल की टीचर्स पीहू की बहुत तारीफ करती थी। उसकी क्लास टीचर रेखा तो उस पर गर्व करती। रेखा से अक्सर सोमेश पीहू की पढ़ाई के सिलसिले मे मिलता रहता। पीहू को भी रेखा मैम बहुत पसंद थी और जबसे पीहू को अपनी माँ की बातें पता चली वो रेखा की हर अच्छी बात की तुलना अपनी माँ से करती और नूपुर को रेखा की तुलना में बहुत नीचा पाती।

एक दिन पीहू स्कूल में खेल करते हुऐ गिर गई। सोमेश का फोन भी नहीं लग रहा था क्योंकि रेखा पीहू के घर के पास ही रहती थी इसलिये रेखा को ही प्रिंसिपल ने पीहू की मरहम पट्टी कर घर छोड़ने को कहा। रेखा पीहू को लेकर घर पहुँची तो दादी अपने घर के बाहर बैठी थी। अरे क्या हो गया मेरी बच्ची को? कहकर वो बूढ़ी घबराने लगी।

रेखा बोली, 'कुछ नही आप चिन्ता न करे गिर गई थी, थोडी चोट लग गई है, दो–चार दिन मे ठीक हो जायेगी।' दादी ने उसके घर का दरवाजा खोला, पीहू को हल्दी वाला दूध पिलाया और बिस्तर मे सोने को बोला और उसका सर सहलाने लगी। जल्दी ही पीहू सो गई फिर दादी रेखा से बोली बेचारी बिन माँ की बच्ची है।

रेखा ने उत्सुकता मे पूछ लिया, 'क्या हुआ था पीहू की माँ को?'

'कुछ नही बेटी दिमाग खराब हो गया था उसका।' कहकर दादी ने नूपुर की सारी बातें रेखा को बता दी। तभी सोमेश भी आ गया। रेखा को सोमेश पर बहुत तरस आ रहा था। दोनो ने कुछ देर पीहू के विषय में बातें करी फिर रेखा अपने घर आ गई। अगले दो–तीन दिन रेखा लगातार स्कूल के बाद पीहू को देखने आई। एक–दो घंटे

पीहू व दादी के साथ बिताती तब तक सोमेश भी आ जाता, फिर रेखा अपने घर चली जाती। पीहू के ठीक होने के बाद भी रेखा का यह नियम नही बदला। दरअसल पीहू ने ही जिद की कि वो पीहू की बोर्ड परीक्षा की तैयारी करा दे। इसलिये रेखा रोज आ जाती वैसे भी अकेले घर मे उसका मन नही लगता। अकसर इतवार को भी वो सुबह का नाश्ता बना लाती फिर सब मिलकर खाते। कभी–कभी साथ घूमने जाते, पीहू को रेखा मैम का साथ रहना बहुत अच्छा लगता। अकसर वो रेखा को बोल देती, 'काश आप मेरी माँ होती तो कितना अच्छा होता।' और रेखा मुस्कुरा देती। रेखा के जाने के बाद भी वो उसी की बातें करती रहती। इसी बीच सोमेश ने अपना घर खरीद लिया। दादी को भी सोमेश ने अपने साथ जब नये घर में आने को कहा तो पहले तो उन्होंने मना कर दिया मगर पीहू रोने लगी तो दादी मान गई। सोमेश भी खुश हो गया, मौका देख दादी ने सोमेश को रेखा से विवाह करने की सलाह दी पर सोमेश ने मना कर दिया। वह बोला, 'पीहू क्या सोचेगी रेखा क्या सोचेगी?'

दादी बोली, 'मैं पीहू के लिये ही बोल रही हूं। पीहू ही चाहती है तुम रेखा को उसकी माँ के रुप मे स्वीकार कर लो।'

सोमेश बोला, 'पीहू तो बच्ची है अगर मैने भी नूपुर की तरह किया तो मुझमें और नूपुर मे क्या फर्क रह जायेगा?'

दादी बोली, 'नहीं बेटा पीहू बहुत समझदार है। वह तुम्हारा अकेलापन समझती है, वो चाहती है तुम भी खुश रहो और रेखा से ज्यादा तुम्हे कोई और खुश नही रख सकता क्योंकि तुम्हारी खुशी पीहू है और रेखा पीहू को हद से ज्यादा चाहती है। इसलिये पीहू तुम दोनों की शादी कराना चाहती है।'

'पर शादी के बाद वो बदल गई तो?' सोमेश बोला।

दादी बोली, 'इन बूढ़ी आँखो ने दुनियाँ देखी है रेखा कभी नही बदलेगी वो पवित्र मन की समझदार लडकी है। तुम नूपुर से मिले बुरे अनुभवों से बाहर निकलो देखो दुनियाँ मे हर कोई एक सा नही। कभी–कभी हमारे बुरे अनुभव हमे इतना डरा देते है कि हम सामने से आ रही खुशियों को स्वीकार करने से डरते है। तुमने बहुत संघर्ष कर लिया पर अब जी लो बची जिन्दगी खुशी–खुशी।'

सोमेश बोला, 'पर रेखा की हाँ भी तो जरूरी है। क्या पता वो क्या सोचती है?'

दादी बोली, 'मैने उसकी आँखे पढ़ी है जिनमें तेरे लिये प्रेम और सम्मान दोनों दिखता है। फिर भी मैं उससे बात करूँगी।'

तभी पीहू बाहर के दरवाजे से रेखा को खींचते हुऐ भीतर ले आई और मुस्कुराते हुऐ बोली रेखा मैम तैयार है मेरी माँ बनने को। है ना माँ।

रेखा ने शर्माते हुऐ हाँ मे सर हिला दिया। बस जल्दी ही कोर्ट में दोनो का विवाह हो गया और आज नये घर की पूजा के साथ ही रेखा का भी घर मे प्रवेश कराया जाना तय हुआ। पीहू ने रेखा का स्वागत किया। दादी ने विवाहित जोड़े को आशीर्वाद दिया और बोली, 'देखा सोमेश रिश्तों का ताना–बाना कैसा अजीब है तेरा–मेरा खून का रिश्ता नही पर तू मुझे अपने बेटे से कही ज्यादा प्यारा है। वैसे ही पीहू ने रेखा की कोख से जन्म नही लिया, मगर रेखा उसके लिये सगी माँ से बढ़कर है। सच तो यही है रिश्ते खून से नहीं दिल से चलते है और सिर्फ प्यार चाहते है। प्यार से सीचोंगे तो खूबसूरत पौधा बन जायेंगे और नफरत से सींचोगे तो मुरझा जायेंगे। भगवान तुम लोगो को हमेशा खुश रखे और तुम अपने इस रिश्ते को हमेशा प्यार से सींचते रहो।'

राजमहल

रानी सुगन्धा देवगढ के महाराज भानु की नौ रानियों में से आठवीं रानी थी बीस साल की सुगन्धा। हर वक्त उस महल मे खुद का अस्तित्व तलाशती रहती। विवाह के बाद से एक वर्ष में मुश्किल से महाराजा भानु ने सुगन्धा के साथ चार–पाँच रातें ही बिताई होंगी और तीन माह पहले ही महाराज भानू सबसे छोटी रानी रूपवती को ब्याह कर लाये। महारानी व रूपवती के अलावा उस महल में अन्य रानियों की न तो कोई पहचान थी, न ही उनका कोई जीवन था। हाँ सुख–सुविधा, कपड़े–जेवर, खान–पान की यद्यपि कोई कमी न थी किन्तु पति का प्यार, परिवार का स्नेह, दुख–सुख में पति का साथ आदि बातों से वो सब वंचित थी। यहाँ तक कि महराज से मिलने की भी अनुमति भी बाकी सब रानियों को पहले महारानी से लेनी पड़ती थी। वे सब रानियाँ आपस मे कभी एक पल सखियाँ होती और एक दूसरे से दुख बांटती तो अगले ही पल एक दूसरे के लिये षडयंत्र रचती रहती। मगर सुगन्धा उन रानियों जैसी नही थी। वह अलग थी, बुद्धिमान थी, वेदों की जानकारी रखती थी, संगीत, चित्रकला की अच्छी जानकार थी, मगर विवाह के पश्चात् रानी सुगन्धा के सब हुनर महल की चारदीवारी में जैसे रोज सिसकियाँ ले रहे थे। वह अपने मे ही खोई रहती बाकी सब रानियों के साथ भी ज्यादा उठती–बैठती नही थी। राजा से मिले कई वक्त हो जाता। जब कभी कोई उत्सव हो या त्योहार होता तब ही दरबार मे उनकी मुलाकात होती थी। रानी सुगन्धा योग्य थी मगर दिखने मे साधारण थी जिसके कारण राजा का उस पर विशेष ध्यान भी नही जाता था क्योंकि राजा के लिये तो स्त्री सिर्फ भोग विलास की वस्तु थी। कभी गुणों के आधार पर राजा ने उनको परखने की कोशिश भी नही की। पति का प्रेम पाने को ये सब रानियाँ तरसती रहती। सुगन्धा को तो उड़ते–उड़ते यह भी जानकारी मिली थी कि उनमें से कुछ रानियों के अवैध सम्बन्ध भी थे किसी का सेनापति से तो किसी का किसी सैनिक से। सुगन्धा अकसर सोचती क्या यह सही है, नही चाहे कुछ भी हो यह तो पाप ही हुआ। लेकिन मुझे उनको कुछ कहने का अधिकार भी तो नही आखिरकार वह सब उससे बड़ी थी और अगर वह अफवाह हुई तो सब उससे नाराज हो जायेगी इसलिये उसने उनके साथ उठना बैठना ही बन्द कर दिया।

एक दिन सुगन्धा बगीचे मे बैठी थी तभी उसने थोड़ी दूर पर राज्य के

चित्रकार को कुछ चित्र बनाते हुऐ देखा। सुगन्धा से रहा न गया वह चित्रकार के करीब पहुँच कर बोली, 'आप महल के चित्रकार सुकीर्ति है ना।'

'जी प्रणाम रानी।' कहकर सुकीति ने हाँ मे सर हिलाया। 'क्या मैं आपका चित्र बना सकता हूं?'

'नहीं।' सुगन्धा ने जवाब दिया। 'इन रंगो को देखकर रहा नही गया सो चली आई।'

सुगन्धा बोली, 'आप मुझे एक चित्र बनाने दे। क्या आपका सामान ले सकती हूं।'

'अवश्य रानी आप आज्ञा करे।'

रानी ने तुरंत कलम कागज रंग लेकर सामने का दृश्य हू–ब–हू कागज पर उतार दिया।

यह देखकर सुकीर्ति बहुत प्रभावित हुऐ और रानी की चित्रकारी देखकर उसकी बहुत प्रशंसा की। जिससे उसका उत्साहवर्धन हुआ और वह अपनी खोई प्रतिभा को फिर से तलाशने लगी। अब तो रोज ही रानी सुगन्धा चित्रकार से मिलने लगी और रोज एक चित्र बनाती। एक दिन रानी ने चित्रकार को बताया कि वह राजा की एक तस्वीर बनाकर उन्हें उपहार देना चाहती है। जिसमे उसे चित्रकार से मदद चाहिये जिससे चित्र हुबहू बने और राजा बहुत खुश हो जाये। चित्रकार सुकीर्ति ने रानी को मदद करने की हामी भर दी। रानी ने सिंहासन पर विराजमान राजा भोज का चित्र बनाने का सुझाव दिया जो चित्रकार को भी बहुत उत्तम विचार लगा। रानी ने तीन दिन मे एक चित्र बनाया पर वह सही नही बना। उसने सुकीर्ति को दिखाया तो वह थोड़ा मुस्कुराया। रानी को यह बात अच्छी नही लगी वह बोली, 'ये मैं भी जानती हूं कि इसमें कुछ कमी है कृपया आप उसे ढूँढिये।'

चित्रकार ने कहा, 'रानी जहाँ भावना नहीं वहाँ चित्र कैसे बन सकता है? आप के चित्र मे सिंहासन वही है मगर महराज का चेहरा महाराज से नही मिलता। महाराज के लिये आपको उस प्रेम को महसूस करना होगा जो एक साधारण महिला अपने पति के लिये महसूस करती है। जैसे कि एक कृषक की पत्नी जब अपने हाथो से खाना बनाकर उसके लिये खेत मे ले जाती है या जब कोई साधारण स्त्री उसके पति के बीमार होने पर उसकी लम्बी उम्र की दुआओं के लिये कोसो दूर चलकर मंदिर मे

प्रार्थना के लिये जाती है। वैसी ही भावना आपको भी लानी होगी।'

रानी खीजते हुऐ बोली, 'क्या साधारण पत्नियाँ का ही हृदय होता है? क्या हमारा दिल नही होता? क्या हम रानियाँ नही चाहती हमसे भी हमारे पति प्रेम करे? कितना आसान है ये सब कहना और कितना कठिन है हमारा जीवन। तुम क्या जानो? अपने पति को हमने ठीक से देखा भी नहीं था कि वह छोटी रानी को ब्याह लाये और हम लाचार से कुछ नही कर पाये। हाँ मानते है हमे महाराजा की छवि ठीक से स्मरण नही लेकिन इसमें हमारा क्या कसूर है?' कहते–कहते रानी फफक–फफक के रोने लगी। सुकीर्ति को ऐसा लगा जैसे उसने रानी के जख्मों पर नमक डाल दिया हो रानी रोती जा रही थी।

चित्रकार ने धीरे से रानी के कंधे पर हाथ रखा और बोला, 'मुझे क्षमा कर दीजिये आप का दिल दुखाने का मेरा कोई मकसद नही था। मैं आपकी मनोदशा समझ सकता हूं। इन ऊँचे महलों में बाहर से जितनी चमक है इसमें रहने वाले इंसानों के भीतर उतना ही सूनापन है। कृपया शान्त हो जाइये। आप का आदेश हो तो मैं महाराज का एक चित्र बनाउंगा और आप उसे देख–देखकर वैसा ही चित्र बना लीजियेगा।'

रानी का क्रोध शान्त नही हुआ था, वह बोली, 'मुझे कोई चित्र नही बनाना मैं अपने कमरे की चारदीवारी मे ही अच्छी हूं। नहीं चाहिये आपकी मदद।' यह कहते हुऐ वह जाने लगी।

सुकीर्ति ने रानी को आवाज दी। रानी सुगन्धा ने मुड़कर देखा सुकीर्ति हाथ जोड़कर घुटने पर बैठा क्षमा माँग रहा था। एक पल को वो पिघली लेकिन सहसा उसे ख्याल आया कि वह रानी है और यह राजमहल का एक गुलाम चित्रकार। वह अकड़ कर बोली, 'हमें रोकने की चेष्टा कैसे की तुमने?'

चित्रकार बोला, 'आपका काजल रोने के कारण आपके कपोलों तक फैल गया है। आप ऐसे जायेंगी तो आपसे सब सवाल करेंगे।'

रानी जानती थी वह सत्य कह रहा है तो वो रुककर चेहरा साफ करने लगी मगर वह साफ नही कर पा रही थी। तभी सुकीर्ति पास आया और बोला, 'मैं मदद कर दूँ, अगर गुस्ताखी माफ हो तो।'

रानी ने रुमाल उसकी तरफ बड़ा दिया, उसने काँपते हाथो से रानी के गालों

में लगा काजल साफ किया। रानी का रोम–रोम झंकृत हो गया। उसके हृदय की गति बढ़ गई। रुमाल लिये बिना ही वह महल को चली गई। इधर सुकीर्ति के हाथ अभी भी काँप रहे थे। आज से पहले कभी कोई स्त्री उसे इतनी सुन्दर इतनी प्यारी नही लगी थी। ऐसा क्या जादू सा किया उस पल ने कि वह अपनी सुध–बुध खो बैठा। रानी की हर बात बार–बार याद आ रही थी। वह पूरा दृश्य रह–रहकर आँखो में आ रहा था और वह सुगन्धित रुमाल एक मदहोशी सी छा गई थी प्यार की। वह अपने कमरे में जाकर पलंग पर लेट गया और रानी का चेहरा उसकी आखो मे जैसे कैद हो गया। बहुत देर बाद वो उठा और कागज और रंगो मे व्यस्त हो गया। उसने महाराज की एक तस्वीर बनाई जैसी रानी चाहती थी। फिर वह रानी की कल्पनाओं मे खो गया और एक और तस्वीर मे रंग भरने लगा। आधी रात गुजर गई थी और रानी का एक चित्र उसके हाथों मे था, कितनी सुन्दर थी उसकी कल्पना बिलकुल सजीव सी लग रही थी। असाधारण प्रतिभा की वह साधारण स्त्री चित्रकार को स्वर्ग की अप्सरा सी प्रतीत हो रही थी। यही तो होता है प्रेम में। प्रेम की लीला ही न्यारी है मगर इस प्रेम का क्या कोई भविष्य है? चित्र निहारते–निहारते जैसे ही चित्रकार की नजर रानी की माँग पर गई तो वह विचलित हो उठा। जिसमे वह सिंदूर यानि लाल रंग भरना भूल गया था। शायद उसने सिर्फ सुगन्धा का चित्र बनाया था, रानी सुगन्धा का नहीं जिसको वो प्रेम करने लगा था। अचानक चित्र मे सूनी माँग देखकर उसकी एकाग्रता भंग हुई। वह सोचने लगा कि कुछ पल को वो ये ही भूल गया था कि सुगन्धा एक असाधारण नारी है, वह विशेष है, देवगढ़ की रानी देवगढ़ का मान है, प्रतिष्ठा है, उसका और चित्रकार का कैसा संबन्ध? यह तो राजा व राज्य के प्रति विश्वासघात होगा। उसकी आँखे छलक पड़ी, आह, कितना असहाय प्रतीत कर रहा था वह। हाय कितना लाचार बना देता है यह प्रेम, कितना दर्द कितनी पीड़ा है इसमें। काश मेरे मन तक यह प्रेम की फुहारें न आती, न मेरी यह दशा होती। बहुत सी मन की दुविधाओं को पार करके अंत मे उसने स्वयं को समझाया और यह निर्णय लिया कि वह वहाँ से चला जायेगा। सुबह उसने वह दोनों तस्वीरें रानी के लिये उपहार में भिजवा दी और राज्य के नियमानुसार राजा से पद त्यागने की अनुमति लेने के लिये चल दिया।

बहुत से प्रश्न पूछने के बाद अंत मे राजा ने जाने की अनुमति दे दी पर साथ ही कहा वह जब चाहे तब अपना पद दुबारा ग्रहण कर सकते हैं।

'आभार मगर अब रुकना और वापस आना असम्भव है महाराज। आज्ञा दे

चलता हूं।' कहकर वह कक्ष से बाहर निकल आया। बाहर निकलकर वह अपना सामान लेने के लिये अपने कमरे के निकट जैसे ही पहुँचा रानी सुगन्धा को कमरे के बाहर टहलता पाया। उसने आस–पास नजर दौडाई। दूर–दूर तक कोई न था। चित्रकार ने मन को कठोर किया और पास जाकर झुककर प्रणाम किया।

रानी ने दबी आवाज मे पूछा, 'कहाँ से आ रहे है आप?'

चित्रकार ने एक ही वाक्य में जवाब दिया, 'जी महाराज से मिलकर।'

रानी ने चकित होकर कहा, 'क्यों?'

वह बोला, 'उनसे राज्य त्यागने की अनुमति लेनी थी।'

रानी चिंतित हो गई, 'यह क्या बोल रहे है आप? नहीं आप नहीं जा सकते, आप हमसे नाराज है तो हम माफी मागने को तैयार है। परन्तु आप नहीं जाईये।'

'मुझे जाना ही पड़ेगा यह आप भली–भाँति जानती है। इसी में हम दोनो की भलाई है। आपको तस्वीरें मिल गई होगी, आप महाराज को वो तस्वीर अपनी तरफ से भेंट करें। मेरी आपसे विनती है अगर कभी एक प्रतिशत भी मैनें आपके ह्रदय में जगह बनाई होगी तो आप महाराज को यह न कहे कि यह सुकीर्ति ने बनाई है, ये मेरा अनुरोध है।'

रानी बोली, 'आप मत जाओ मैं वादा करती हूं आपके सम्मुख नही आऊँगी।'

'नहीं रानी।' चित्रकार बोला, 'अभी बहुत विचलित हूं रुक पाना मुश्किल है। मगर मै आऊँगा जरूर, जब इस महल की तरह यहाँ रहने वालों के दिल भी खुशी से चमकेंगे।'

रानी बोली, 'आपने जो मेरी तस्वीर बनाई है उसको देखकर, मेरे लिये आपके ह्रदय के भाव साफ पता चलते है। हम दोनो की मनोदशा एक सी है। कल जब मैं आपसे नाराज हो कर यहाँ से गई तो मैने पुनः महाराज की तस्वीर बनाने की कोशिश की और इस बार मैं सफल भी हुई। अपने ह्रदय के राजा को बनाने में। मैं चाहती हूं इसे मेरी निशानी समझकर आप अपने साथ ले जाये।'

वह तस्वीर एक उपहार की तरह बंधी थी। दोनों ने एक दूजे को नम आँखों से देखा और आँखो मे ही विदाई ली। चित्रकार सामान लेकर दूर ओझल हो गया। रानी ने वह चित्र राजा को दरबार में बिना महारानी की आज्ञा के भिजवा दिया। साथ ही एक पत्र भी। राजा ने तुरंत रानी को दरबार मे बुलाया और बहुत प्रशंसा की। कई सुन्दर

गहने रानी को भेंट दिये और साथ ही कला व सांस्कृतिक विषय से जुड़े सभी पद रानी को सौंप दिये। धीरे–धीरे समय बीतता रहा और रानी सुगन्धा के सभी गुण राजा की नजरों मे आते गये। राजा ने अपने विशेष सलाहकारों मे रानी को प्रमुख स्थान दे दिया। रानी चतुर व अनुभवी थी। उसने अन्य रानियों से भी उनकी योग्यतानुसार राज्य के कार्य में उनकी मदद ली जिससे सुगन्धा उन सबकी प्रिय हो गई। राजा भोज रानी के गुणों से बहुत प्रभावित थे और दोनो के राज–काज से राज्य की बहुत उन्नति होने लगी व राज्य की ख्याति दूर दूर तक फैल गई थी।

धीरे–धीरे एक वर्ष बीत गया। सुकीर्ति से भी देवगढ़ राज्य की लोकप्रियता अछूती न रही और उसको रानी से किया वादा भी याद आया कि जब सब कुछ अच्छा होगा तब वह वापस आयेगा। यह सोच उसने देवगढ़ वापस जाने की तैयारी की। रानी का दिया चित्र उसने आज तक यह सोच कर नहीं खोला कि वह चित्र देखने का सर्वप्रथम अधिकार महाराज का है और उसने वह महाराज को भेंट देने के लिये अपने साथ रख लिया। बहुत ही प्रसन्न हो वह देवगढ़ के लिये चल पड़ा। आठ घंटे पैदल चल वह देवगढ़ पहुँच गया। राजमहल के सामने पहुँच कर वह थकान मिटाने के लिये राजमहल के बाहर ही एक बहती नदी में जैसे ही मुँह–हाथ धोने व पानी पीने के लिये झुका, रानी के द्वारा दिया वह चित्र पानी मे गिर गया। चित्रकार ने जल्दी से उसे उठा लिया पर चित्र थोड़ा गीला हो जाने के कारण उसे खोलना पड़ा। चित्रकार की आँखे स्तब्ध रह गई उसके हाथ काँपने लगे। थोड़ी देर तक वह समझ ही नही पाया कि क्या करे और वहीं नदी के पास खड़ा रहा। अचानक जोर–जोर से घोड़ों के टापों की आवाज सुनकर वो घबरा गया। उसे अहसास हो गया कि महल मे किसी विशेष इंसान का प्रवेश होने जा रहा था। तभी सामने से रानी सुगन्धा रथ पर सवार महल को लौटती दिखाई दी। एक पल को उसकी धड़कने बेचैन हो गई और उसका मन किया रथ को रोक कर रानी से मिले। लेकिन अगले ही पल उसकी आत्मा ने उसे रोक लिया और वह रानी को महल मे प्रवेश करते हुए एक वृक्ष की ओट से देखता रहा। जैसे ही रानी महल के भीतर गई उसने पुनः रानी के दिये चित्र को एक बार और देखा जिस पर रानी के चेहरे का काजल साफ करते हुऐ सुकीर्ति का चित्र बना था, साथ में फूल, तितली व जोड़े मे एक पक्षी चोंच से चोंच मिलाए पेड़ पर बैठे थे। वह चित्र रानी का चित्रकार के प्रति अपना प्रेम दर्शाने का एक माध्यम था। जिसे आज तक चित्रकार ने महाराजा का चित्र समझा था। वह सोचने लगा यह उसके कुछ पुण्य रहे होंगे कि यह चित्र नदी मे

गिर गया नहीं तो वह उसे राजा को भेंट कर चुका होता और उसके बाद जाने क्या अनर्थ होता। एक बार राजमहल की तरफ देखकर वह बोला मैनें अपना वादा पूरा किया। रानी मैं वापस आया और अब आज्ञा दे क्योंकि मेरा मकसद आपको सुखी देखना था। आपके जीवन में हलचल लाना नही। आप अपने महल मे खुश रहे और मैं अपनी सुगन्धा के साथ अपनी झोपड़ी में खुश रहूँगा। पिछली बार अकेला गया इस बार तुम्हारा प्यार साथ ले जा रहा हूं, यह बोलते हुऐ वह मुस्कुराते हुऐ वापस लौट गया।

विरोध

प्रीति दौड़ते हुऐ अपनी बहन के कमरे मे आई। कमरे की हालत देखकर एक पल को सहम गई। वह तेजी से बाथरूम की तरफ मुड़ी दरवाजा अंदर से बन्द था। एक आशंका के साथ उसने दरवाजा जोर–जोर से पीटना शुरू कर दिया। दीदी दरवाजा खोलो, दीदी तुम्हें मेरी कसम दरवाजा खोल दो कहते–कहते वह जोर–जोर से रोने लगी। जया से प्रीति का करूण रुदन सहा न गया। उसने धीरे से दरवाजा खोला और थके पैरों से बाहर आ गई। जया के शरीर के जख्म, उस पर हुऐ अत्याचारों का खुलासा कर रहे थे। प्रीति ने जब अपनी दीदी की हालत देखी उसके क्रोध की सीमा न रही। गुस्से से बोली 'कहाँ है आपके पति आज मैं उन्हें छोड़ूँगी नहीं। हद पार कर दी है उन्होंने।'

जया– 'क्या करेगी तू? अब तो आदत हो गई है मुझे ऐसे जीने की। मेरा ही भाग्य खराब है प्रीति।'

प्रीति झुँझलाकर बोली– 'क्यों अपनी बुजदिली को भाग्य का दोष मानती हो दीदी। मैं कब से कह रही हूं पुलिस मे शिकायत करवाओ। दो दिन हवालात मे रहेंगे तो ठीक हो जायेंगे।'

'अच्छा खुशी कहाँ है?' प्रीति बोली

'वह स्कूल गई है।' जया बोली

'अच्छा है वह घर पर नहीं थी। जब भी यह मुझे मारते या डाँटते है वह बहुत सहम जाती है।'

प्रीति ने जया का हाथ धीरे से पकड़ कर उसे बिस्तर पर बिठा दिया। फिर मेडिकल बाक्स लाकर उसको दवाई लगाते हुऐ बोलने लगी, 'दीदी पाँच साल हो गये तुम्हारी शादी को। कब तक ऐसे ही पिटती रहोगी। तुम विरोध क्यों नही करती। ऐसे जानवर के साथ रहकर क्यों सजा दे रही हो खुद को। छोड़ क्यों नही देती उसे। मैं जानती हूं तुम हमसे बहुत बातें छुपाती हो। आज मैं तुमसे जानकर ही रहूँगी क्या बात है?क्यों वह इतना गुस्सा करते है? क्यों मारते है तुम्हें बताओ मुझे।'

कुछ देर चुप रहने के बाद जया बोली, 'वह हर छोटी–छोटी बात पर मारते है

मुझे। मुझसे कभी अच्छे से बात भी नहीं करते। हर समय गुस्से में रहते है।'

'मगर क्यों?' प्रीति बोली

जया फूट–फूटकर रोने लगी बोली, 'माँ–पिताजी को मत बताना मैं इनकी पसंद नही। वह किसी और लड़की से प्रेम करते थे जिसका विवाह इनसे नही हो पाया। मगर अब वह वापस आ गई। सुना हैं तलाक हो गया हैं उसका और अब यह रोज उसके घर पहुँच जाते है। मैने बोला तो बोलते है हाँ मिलूँगा, किसी मे दम नहीं जो मुझे रोक सके। मैं जब भी कहती हूं कि मैं अपने परिवार मे कह दूँगी तो बोलते है बोल दो मेरा कुछ नही बिगड़ेगा। तुम्हारे पिता को दो बार हार्ट अटैक आ चुका है तीसरी बार आया तो तुम अपने पिता को खो दोगी और जिसकी जिम्मेदार तुम खुद होगी। पापा की वजह से मैं कुछ नही कहती।'

प्रीति को इसी बात का शक था क्योंकि जया जैसी सुन्दर, सुशील, पढ़ी–लिखी लड़की अकारण किसी को पसंद न हो ये असंभव था। कुछ देर सोचने के बाद प्रीति बोली, 'तुम अपनी सास को बता दो फोन करके। वो बहुत खुले विचारों वाली पढ़ी–लिखी व सभ्य महिला है वह तुम्हारी बात जरूर समझेंगी।'

जया, 'मगर उनको परेशान करना क्या ठीक रहेगा वह भी तो हाई ब्लड प्रेशर की मरीज है। क्या करूँ प्रीति?'

'एक काम करो कुछ दिन के लिये उन्हे यहाँ बुलाओ फिर आराम से मौका देखकर बता देना।'

जया, 'हाँ शायद यही ठीक रहेगा। जया ने तुरंत फोन किया और अपनी सास को लखनऊ आने का आग्रह किया।' वैसे तो सुजाता बहुत बिजी रहती थी। पति की मृत्यु के बाद उनकी जगह कानपुर में सरकारी नौकरी व साथ ही साथ समाज सेवा के कामों मे लगी रहती थी किन्तु एक समझदार नारी होने के कारण उन्होंने जया की आवाज में छुपे दर्द व निराशा को पहचान लिया और आने के लिये हाँ कह दिया। जया को थोड़ी सी राहत मिली प्रीति अपने घर चली गई।

दो दिन बाद सुजाता लखनऊ पहुँच गई। जया को गले से लगा कर बोली– 'क्या हाल बना लिया है कितनी कमजोर हो गई हो।' फिर थोड़ी देर औपचारिक बातों के बाद वह नहाने चली गई जब वो बाहर आई तो बोली– 'कब तक आता है राकेश?'

जया बोली, 'जी वो कोई टाईम नहीं। कभी काम ज्यादा हो जाता है तो देरी

हो जाती है।' जया हिम्मत नही जुटा पा रही थी राकेश की बातें बताने की, एक डर था कि माँ क्या सोचेगी? कितना दुखी हो जायेगी? आज पहले ही दिन थोड़ा आराम तो कर ले वो, यह सोचकर वह कुछ कह नही पाई। दरअसल कहीं सुजाता का भी प्रेम न खो दे वह, उसे इस बात का भी डर था। उसका भविष्य सुजाता की प्रतिक्रिया पर ही निर्भर था। उसे इसीलिये इतना संकोच हो रहा था। बार–बार सोचती बता दूँ फिर रुक जाती। दिन ऐसे ही गुजर गया।

रात के नौ बज गये थे। राकेश अभी तक नही आया था। जया रह–रह कर घड़ी देख रही थी। उसे डर था कि राकेश अगर आज नही आया जैसा कि वो अक्सर करता था तो वो क्या कहेगी माँ से। वह सुजाता के पास गई और बोली– 'माँ आप खाना खा लीजिये इनको ज्यादा काम हो गया होगा इसलिये देर हो गई होगी।'

सुजाता बोली– 'तुम फोन करो मैं बात करती हूं।'

जया ने मोबाईल नम्बर मिलाया जो रोज की तरह स्विच ऑफ था। जया ने सुजाता को बताया तो वह बोली– 'ऑफिस मे मिलाओ।'

जया ने डरते हुऐ नम्बर मिलाया। बहुत देर बाद दूसरी तरफ से आवाज आई किससे बात करनी है? जया ने डरते हुऐ बोला– 'मैनेजर राकेश पन्त से।'

दूसरी तरफ से आवाज आई– 'साहब तो कब का चले गये।'

जया ने तुरंत फोन रख दिया और सुजाता की ओर देखकर बोली– 'अभी–अभी निकले है एक घंटा लग जायेगा। आप खा कर आराम करिए मैं जगी हूं।

सुजाता हर काम को समय पर करना पसंद करती थी इसलिये ठीक हैं कहकर वह खाकर सोने के लिये चली गई। राकेश रात के ग्यारह बजे घर पहुँचा। जया दरवाजे पर बैठी हुई थी। उसने जया को देखा और बड़बड़ाया, 'मनहूस बिल्ली रास्ता काटने को बैठी है।' जया के दिल को टीस सी लगी। इससे पहले कि वह कुछ कहती उसकी नाक मे तेज दुर्गन्ध आई वह समझ गई आज राकेश पीकर आया है।

वह बोली– 'आप आज फिर पीकर आये है।'

राकेश जोर से बोला– 'हाँ पी है अपने पैसों की पी है तेरे बाप से नहीं लिये।'

वह बोली– 'धीरे बोलिये आपकी माताजी आई है, सुनेगी तो जग जायेंगी।'

वह बोला– 'माँ आई है तूने मुझे बताया क्यों नही मैं जल्दी आ जाता। मगर

तूने जानकर नही बताया होगा जिससे उन्हे सबकुछ पता चल जाये।'

जया बोली– 'पर 8 बजे के बाद आप मोबाईल बन्द कर देते है और ऑन भी होता है तो उठाते नही।'

राकेश बोला– 'चुप जुबान चलाती है।' और आदतानुसार कमर से बेल्ट निकालकर जैसे ही जया को मारने लगा सुजाता कमरे मे आ गई। बेल्ट हाथ से छीनकर उसने राकेश के गाल पर एक तमाचा रख दिया। राकेश को वही छोड़कर जया को अपने साथ अपने कमरे मे ले गई। जया काँप रही थी। वह रोने लगी।

सुजाता ने जोरदार आवाज में कहा– 'मुझे सब सच–सच बताओ जया।'

जया ने डरते–डरते सब बातें बता दी और फूट फूटकर रोने लगी। सुजाता ने उसे सीने से लगा लिया और फिर अपने पास सुला वह उसके बालों को सहलाती रही जब तक वह सो नही गई। अगले दिन जब जया उठी तो सुजाता को पूरे घर में न देख परेशान हो गई। अजीब–अजीब ख्याल उसके जहन में आने लगे। एक घंटा बीत गया तो वह खुद उसे ढूँढने के लिये जाने लगी। तभी ऑटो से सुजाता को उतरते देखा।

वह दौड़कर गई और बोली– 'माँ आप कहाँ गई थी? अंदर चलिये। जैसे ही दोनो अंदर आये सामने राकेश खड़ा था।

सुजाता ने जया से कहा– 'जया मैं तुम्हारी गुनहगार हूं। मेरे बेटे की वजह से तुमको इतने दुख सहने पड़े। कहीं न कहीं मैं अपनी परवरिश में आज फेल हो गई हूं।' राकेश की नजरें जमीन मे गढ़ने लगी। सुजाता बोलती रही– 'पर अब तुम्हें और दुख नही सहना पड़ेगा। अपना सब सामान बाँधो मैनें रिजर्वेशन करा दिया है हम कल सुबह कानपुर निकलेंगे।' राकेश सब सुनकर भी शान्त था। जया ने सोचा राकेश रोक लेगा, मगर ऐसा नही हुआ। वह समझ गई थी राकेश के दिल में उसके लिये कोई जगह नही थी। हाँ राकेश ने माँ के कमरे मे जाकर उन्हे मनाने की कई बार कोशिश की। मगर सुजाता नही मानी क्योंकि उसने अपने बेटे की आँखो में जया और अपनी पोती के लिये कोई प्यार नही देखा, न ही जया से अलग होने का दुख उसके चेहरे पर था। सुजाता मन ही मन घुट रही थी। जया का मासूम चेहरा उसकी नजरों से हट नही रहा था उसे अपने पर गुस्सा आ रहा था। राकेश ने कई बार सुजाता से कहा था कि वो शादी नही करना चाहता। मगर सुजाता ने ही जिद्द कर यह शादी करवाई थी। दोपहर मे प्रीति भी मिलने आई। उसने भी राकेश के अत्याचारों की कई बातें बताई। सुजाता ने उसी

समय कुछ फोन किये और फिर किसी से मिलने चली गई। वह काफी देर में घर लौटी। दूसरे दिन सुबह तीनों जाने के लिये तैयार थे। राकेश अखबार लेकर रोज की तरह जैसे ही आँगन मे बैठा ही था। जया, खुशी और सुजाता जाने लगे।

राकेश ने पीछे से टोका– 'एक बार और सोच लो माँ, जया और खुशी भी यहाँ रह सकती है।'

माँ ने पलट कर जवाब दिया– 'कोई अहसान नही चाहिये तुम्हारा। माना मैने जबरदस्ती तुम्हारी शादी कराई मगर इसको मारने व सताने के लिये नहीं। किसी पुरूष को यह अधिकार नहीं वह किसी स्त्री पर हाथ उठाये। पत्नी पति की अर्धांगिनी होती हैं। उसका पूर्ण अधिकार है पति व उसके प्यार पर। वह क्यों उसका प्यार किसी से बांटे? तुमने जया को सिर्फ वस्तु की तरह प्रयोग किया मुझे दुख है तुम्हें आज भी कोई पश्चाताप नहीं और जिस प्यार का तुम दम भरते हो वह भी सच्चा प्रेम नहीं हैं। अगर तुम्हारा प्रेम सच्चा होता तो जया से तुम्हारी बेटी नहीं होती। मुझे दुख हैं तुम भी अपने पिता की तरह निकले मैने जो उनके जीते जी सहा वह सब मैं जया को नही सहने दूंगी। मैं जया के साथ अन्याय नही होने दूंगी।' यह कहकर वो लोग वहाँ से चले गये। थोड़ी देर तक राकेश वहीं खड़ा उनको जाते देखता रहा। नन्ही खुशी को वह चाहते हुऐ भी गले नही लगा पाया क्योंकि वह राकेश से बहुत डरती थी, उसके पास आते ही रोने लगती थी। वह वहीं बैठकर अखबार के पन्ने पलटने लगा। अचानक अखबार की एक सूचना पर उसकी नजरें टिक गई जिसमे लिखा था **'मैं सुजाता पन्त अपने पूरे होश मे यह घोषणा करती हूं कि मेरे पुत्र राकेश पन्त से मेरा कोई सम्बन्ध नहीं। मैं अपनी सम्पूर्ण चल–अचल सम्पत्ति अपनी पुत्र वधु जया पन्त के नाम करती हूं। यह मेरा विरोध है मेरे बेटे के खिलाफ और समाज के उन सब पुरूषों के खिलाफ जो स्त्री को गुलाम समझते है उन पर हाथ उठाते है। मेरा अनुरोध है उन सभी महिलाओं से जो प्रत्यक्ष या अप्रत्यक्ष रूप से ऐसे अत्याचारों से पीड़ित है या होती हैं कि अपने सम्मान, अपने अधिकारों के लिये विरोध करे।'**

नेहा

कविता कमरे में प्रवेश के साथ ही नेहा पर बरस पड़ी। कविता– 'क्या जरूरत थी तुम्हें बोलने की, तुम चुपचाप नही बैठ सकती थी।'

नेहा– 'ऐसा भी क्या बोल दिया मैंने माँ, तुम ही बताओ क्या गलत बोला?'

कविता– 'क्या जरूरत थी बीच में बोलने की कि हम दहेज नही दे सकते।'

नेहा– 'तो क्या गलत बोल दिया। कहती हो ना तुझे आगे नही पढ़ा सकते पढाई का खर्च नही उठा सकते, तो फिर कहाँ से लाओगे इतना पैसा? शादी का खर्च कितना होता है, कपड़े, गहने, शादी की व्यवस्थाएँ, रिश्तेदारों को लेना देना, ना जाने क्या–क्या। उपर से इतना सामान के साथ कैश भी माँगते जब उन्हे शर्म नहीं आई तो मुझे क्यों आये, माँ मैने जो किया बिलकुल ठीक किया।'

कविता– 'क्या ठीक किया। लड़का आई. ए. एस. अफसर है। एक बार शादी हो जाती जिन्दगी भर राज करती। अरे कुछ फिक्स डिपौजिट है, कुछ उधार ले लेते और गहने तो मेरे है ना। एक माँ गहने बनवाती ही इसलिये है कि जरूरत में काम आये या उसके बाद वो गहने उसकी बेटी के काम आये। सब हो जाता पर तूने करे कराये पर पानी फेर दिया।'

नेहा– 'माँ क्यों परेशान होती हो, छोड़ो भी। फिर चुटकी लेती है, कहीं तुम्हें मलाल तो नही कि आई. एस. की बोली लगी और तुम अपनी रईसी नही दिखा पाई।'

कविता– 'मजाक मत कर मुझे तुझ पर बहुत गुस्सा आ रहा है।'

नेहा– 'क्यों माँ जाने दो ना। एक नम्बर के लालची थे वो लोग और तुमने देखा फ्री का मिल रहा था तो कैसे ठूँस–ठूँस कर नाश्ता खा रहे थे। इससे ही उनका लालच दिख रहा था। माँ इतने लोभी लोग क्या तुम्हारी बेटी को दिल से अपना पायेंगे? चलो छोड़ो भूल जाओ उन्हें।'

'चलो माना वो मुझे अपना भी लेते है पर क्या मेरे मन में उन लोगो के लिये वो

श्रद्धा रहेगी जो एक सास–ससुर के लिये बहू में होनी चाहिये? क्या मैं उन्हे माता–पिता सा दर्जा दे पाऊँगी? नही माँ ऐसे लोभियों को मैं वो दर्जा कभी नही दे पाती और होता क्या लड़ाई–झगड़ा। या तो वो लोग मुझे परेशान कर रहे होते या मैं उन्हें परेशान कर रही होती। अब तुम ही बताओ कभी न कभी तो दिल का ज्वालामुखी फटता ही ना।'

कविता– 'हे भगवान क्या करूँ मैं इस लडकी का, एक भी गुण लड़कियों के जैसे नहीं है इसमे।'

नेहा– 'क्या माँ दिखती तो लडकी सी ही हूं। और हूं भी लडकी और तुम जो गुण ढूँठ रही हो मुझमें उन्हें गुण नहीं कमजोरिया कहते है। मैं आज के जमात की लडकी हूं माँ मैं इन कुरीतियाँ का समर्थन नही करती। तुम भी अपने विचारों को बदल दो। आजकल दहेज देना और लेना दोनों अपराध है। हमें अपने अधिकारो की जानकारी होनी चाहिये।'

कविता– 'तू मुझे मेरे अधिकार मत समझा। जब चार–पाँच साल तक शादी नही होगी और कोई भी अच्छा लड़का नही मिलेगा तब समझेगी कि मैं कितनी सही थी।'

नेहा– 'मुझे शादी करनी ही नही है। खास कर ऐसे लालची से तो बिलकुल नही। तुम बस मुझे आगे की पढ़ाई पूरी करवा दो फिर देखना 4–5 साल में जब मैं एक अच्छी नौकरी पर होगी तब तुम समझोगी कि मैं कितनी सही थी। और माँ मैं तुम्हे रानी की तरह रखूँगी कोई काम नही करने दुंगी। तुम बैठकर हुक्म देना नौकरों को ठीक है तो क्या अब तुम मुझे पढ़ने दोगी कॉलेज में।'

कविता को ऐसा लगा जैसे छोटी सी बच्ची अपनी जिद पूरी कराने के लिए अपनी माँ को प्रलोभन दे रही हो और उसकी नाराजगी मुस्कुराहट मे बदल गई– 'ठीक हैं बाबा तू आगे पढ़ ले लेकिन अगर कोई अच्छा लड़का मिलेगा तो तुझे पढ़ाई छोड़कर शादी करनी पड़ेगी ठीक है।'

'हाँ–हाँ कर लूँगी शादी–वादी माँ।' और खुशी से माँ के गले मे झूम गई नेहा।

आज कालेज का पहला दिन था। नेहा जल्दी से तैयार हुई और एक छोटा सा टिफिन बैग में डाला और घर में बने पूजाघर में भगवान का आशीर्वाद लेकर बाहर आई। माता–पिता के पाँव छुऐ और बोली– 'पापा मैं जानती हूं आप हमेशा से मुझे और

पढ़ाना चाहते थे पर माँ की बातों से भी कही न कही सहमत रहे हैं पर अब जब माँ ने हाँ कह दी है तो मैं आप दोनों को कुछ बनकर ही दिखाऊँगी।' और यह कहकर वो घर से निकल गई।

एक माह बीत गया। नेहा की पढ़ाई भी अच्छी चल रही थी पर कॉलेज, प्रेम और यह उम्र। यह तो उस सवाल की तरह होते है जिसका कोई जवाब नही। नेहा को भी कोई न कोई प्रस्ताव आ ही जाता था। कभी कोई लड़का खुद प्रेम पत्र दे देता तो कभी कोई अपने दोस्तों के हाथ। नेहा को उसके उद्देश्य की चिन्ता होने लगी थी। एक दिन उसने मन मे कुछ प्रण करा और कक्षा के एक लड़के अमित ने जब कहा कि नेहा विकास मुझसे तुम्हारी हाँ या ना का जवाब माँग रहा हैं बताओ क्या तुम उसकी दोस्त बनोगी?

नेहा– 'अमित मैं तो सबकी दोस्त हूं इसमे पूछने की क्या बात है।'

'नेहा तुम समझ नही रही या समझना नही चाहती। देखो विकास तुमसे बहुत प्रेम करता है, वह तुम्हें पसंद करता है यह पत्र तुम्हारे लिये।'

नेहा बोली– 'देखो अमित मैं तुमको कुछ बताना चाहती हूँ। मेरा विवाह तय हो चुका है और अपने हाथ को आगे बढ़ाते हुऐ बोली यह अँगूठी मेरी मँगनी की है, इसलिये प्लीज अब से न मेरे लिये ऐसे प्रस्ताव लाना, ना मुझे ऐसी बातों से तंग करना।'

धीरे–धीरे ये बात सारे कालेज में भी फैल गई और एक ख्याल जो था ही नही उसने उसे प्रेम में फँसने से बचा लिया। साल बीतते गये। नेहा ने कॉलेज मे टॉप किया था और आज आई. ए. एस. की परीक्षा में पास हो गई। घर में उत्साह का माहौल था। एक छोटी सी पार्टी रखी गई थी नेहा की सहेलियाँ और कुछ पड़ौसी उस पार्टी में बुलाऐ थे।

कमला ताई पड़ौस मे ही रहती है। नेहा के लिये कितने रिश्ते बता चुकी थी जब से आई थी मगर कविता को आज उन रिश्तों मे से कोई भी रिश्ता अपनी नेहा के लायक नही लग रहा।

कविता– 'मेरी बेटी अफसर बन गई है। कोई ऐसे–वैसे लड़के से थोड़े ही ब्याह दूंगी उसे। इतनी मेहनती, सुशील, सुन्दर है कोई राजकुमार ही होगा अब तो इसका पति।'

'मिसेज बतरा बोली, वो तो है। पर शादी तो एक उम्र में ही अच्छी लगती है। वैसे मेरे भाई का लड़का इन्जीनियर है आप कहों तो बात चलाऊँ।'

कविता ने अनसुना कर दिया। मिसेज बतरा मुँह टेढ़ा करने लगी। कविता और मेहमानों को उठकर नाश्ता देने लगी तो मिसेज बतरा बोली– 'कैसे पर निकल आये है? कविता के जैसे बेटी नही खुद अफसर बनी हो। घमंड देखो एक वो समय था जब हमारे सामने गिड़गिड़ाती थी कोई लड़का बताओ हुंह और आज देखो कितना घमंड आ गया है इसे।'

नेहा के कानों मे ये बातें सुनाई दी वह तुरंत वहाँ जाकर बोली– 'आंटी आप कुछ लीजिए ना मैं प्लेट लगा दूँ आपके लिये।' शायद वह यह जताना चाहती थी कि कुछ नही बदला वह वही नेहा है जिसकी प्रशंसा तो सब करते थे पर उनकी गरीबी के कारण शादी ब्याह करने मे सौ बहाने बनाते थे।

मिसेज बतरा को वह उसके स्वभाव के कारण उस समय और अच्छी लगने लगी बोली– 'नहीं बेटा तुम अपनी सहेलियों के साथ ऍन्जॉय करो। हम ले लेंगे जो चाहिये होगा।' और मन ही मन मन–मसोस के रह गई काश नेहा उनके परिवार मे आ पाती।

नेहा मन ही मन सोच रही थी इंसान की भी अजीब फितरत है किसी के गुणों का आकलन उसके औहदे और रुतबे से करते है। एक गरीब इंसान के गुण कोई नहीं देखना चाहता। तभी नेहा की सहेली निधि ने आवाज लगाई– 'नेहा कहाँ खो गई?'

नेहा ने उसको देखा मुस्कुराते हुऐ बोली– 'कहीं नहीं।'

निधि बोली– 'चलो फिर, तुम्हें किसी से मिलाना है मुझे।'

नेहा बोली– 'किससे?'

निधि– 'चलो तो सही।' और हाथ खींचते हुऐ बाहर ले आई। सामने विकास हाथों मे फूल लिये खड़ा था। नेहा थोड़ा सकुचाई। विकास ने फूल देते हुऐ बधाई दी और जाने लगा। नेहा ने उसे अंदर बुलाया और चाय नाश्ता के बाद विदा करने के लिये बाहर आई तो विकास बोला– 'नेहा मुझे पता था कि तुम्हारी कोई मँगनी नही हुई है। उस दिन जब तुमने वो झूठ बोला तो मैं उदास होकर निधि के पास गया। मैंने उससे पूछा कि तुम्हारी शादी कहाँ तय हुई है? सिर्फ इस तसल्ली के लिये कि इतनी अच्छी लडकी के ब्याह कर ले जाने वाला परिवार व लड़का उसके लायक है कि नही

और निधि ने मुझे तुम्हारे बारे मे सब कुछ बताया। तुम्हारी लगन और मेहनत के आगे मैंने अपने प्यार को आगे बढ़ने से रोक दिया और तुम्हारी कामयाबी का इंतजार करने लगा। और आज तुम्हे कामयाब होते देखकर मैं बहुत खुश हूं। ईश्वर तुम्हें और कामयाब करे चलता हूं, खुश रहो।' कहकर वह एक बड़ी सी गाड़ी मे बैठकर चला गया।

निधि बोली– 'नेहा इससे ज्यादा प्यार करने वाला साथी तुम्हें नही मिलेगा। उसे सब पता था मगर वह भी यहीं चाहता था कि तुम अपने मकसद मे कामयाब हो। उसने अपने प्रेम को कभी तुम्हारे लक्ष्य के नही आने दिया। कामयाब लड़की से तो हर कोई विवाह करना चाहता है पर उसे आगे नही बढ़ाना चाहता। यह चाहता तो रिश्ता लेकर तुम्हारे घर कब का आ जाता और आंटी मान भी जाती क्योंकि शहर के जाने माने बिजनेस मैन का इकलौता बेटा जो है विकास। कई लड़कियों के रिश्ते आते है उसके लिये और एक साल से अपनी कंपनी भी चला रहा है। मगर वो तुम्हें पसंद करता है। तुम्हारी इज्जत करता है। मुझे जब भी मिलता है तुम्हारी ही बातें करता है और आज उसने तुम पर अपना इंतजार भी जाहिर नही किया क्योंकि तुम गलत न समझ लो। मैं तो यही कहूँगी सच्चा प्रेमी ही वही है जो अपने साथी को आगे बढ़ाये। उसकी उन्नति में खुश हो और यह ऐसा ही लड़का है बाकी तुम समझदार हो। अगर तुम्हारा जवाब हाँ में होगा तो ये विजिटिंग कार्ड लो और अगर न में जवाब होगा तो इसे फाड़ देना। मै पहले भी तुम्हारी दोस्त थी आगे भी रहूँगी अच्छा चलती हूं देर हो गई है बहुत।'

नेहा मूर्ति की तरह उसे जाते देखती रही। जब वह चली गई तो अंदर से माँ ने आवाज लगाई– 'नेहा बेटा कहाँ रह गई?'

नेहा जैसे नींद से जागी। हाथ मे विजिटिंग कार्ड लिये वह बोली– 'आई माँ।' और अंदर जा कर टेलिफोन उठाया और विनय के विजिटिंग कार्ड से उसका नम्बर मिलाने लगी।

धर्म

1947। देश आजाद तो हो गया पर दो टुकड़ों में भी बँट गया। मोहम्मद शमीम और पंडित रामनरेश जिनकी दोस्ती के चर्चे लाहौर मे मशहूर थे, इस बँटवारे के कारण दोनों दोस्तों के अलग होने का समय भी आ गया। पंडित रामनरेश को पाकिस्तान छोड़कर भारत आना पड़ा। दोनों दोस्तों के दिल बँटवारे ने भीतर तक तोड़ दिये थे। दोनों जगह हिंसा का माहौल बना हुआ था। जगह–जगह हिन्दू–मुस्लिमों के दंगे हो रहे थे। गांधी जी इन दंगों से बहुत दुखी थे। उन्होंने तय किया कि वो अनशन पर तब तक बैठेंगे जब तक उन्हें इन समुदायों के प्रतिनिधि आश्वासन नही देते कि वह आगे शान्ति बनाये रखेंगे। पाँच दिन की भूख हड़ताल के बाद गांधी जी की शर्त मान ली गई। पर इन दंगों में कितने लोगों के कत्ल हो गये, कितनों को दंगो के कारण अपना घर छोड़ना पड़ा, कई लोग घायल हुए, कई लोग मारे गये। पंडित जी को भी इन दंगों के कारण पाकिस्तान से भागना पडा। पंडित जी के दो छोटे जुड़वा बेटों मे से एक तीन साल का बेटा जो जुड़वा में बड़ा था, भीड़ मे कहीं खो गया। बहुत ढूँढने पर भी जब वह नही मिला तो शमीम ने पंडित जी को आश्वासन दिया कि तुम चिंता मत करो। मैं बच्चे को ढूँढ कर तुम तक पहुचाऊँगा। लाचार परिवार रोता–बिलखता भारत की राजधानी दिल्ली आ गया। दिल्ली आकर भी रामनरेश ने समय–समय पर पाकिस्तान मे अपने दोस्त से टेलीफोन के जरिए उस दुकान में जहाँ पर बैठकर वह अकसर चाय पीते और देश के हालातों के बारे मे बातें करते थे, अपने तीन साल के गुमशुदा बेटे अरुण के बारे मे कई बार पूछताछ की और शमीम को भी लम्बे समय तक कई खत भी लिखे पर निराशा ही हाथ लगी। और फिर धीरे–धीरे उन्होंने अरुण के मिलने की आशा छोड़ दी। रामनरेश की पत्नी अपने दूसरे बेटे वरुण की देखभाल में लग गई और फिर एक–एक वर्ष के अन्तराल में वह दो और बच्चों की माँ बनी और वह लोग अपने को नये माहौल मे ढ़ालने की जद्दोजहद मे लग गये। उधर पाकिस्तान के लाहौर में शमीम के कोई औलाद नही हुई तो उसकी बीबी ने उससे दूसरा निकाह करने की जिद की। मगर शमीम अपनी बीबी शबाना को बेहद चाहता था। उसने दूसरा निकाह करने से साफ मना कर दिया। शबाना को कई डॉक्टर, वैद्य, हकीम को दिखाया। जिन्होंने कहा कि वह माँ बनने मे असमर्थ है। शबाना हर वक्त दुखी रहती।

उसकी हालत शमीम से देखी नही जाती थी। आखिर हारकर उसने बच्चा गोद लेने का फैसला लिया। एक दिन दोनों एक अनाथाश्रम में बच्चा गोद लेने पहुँचे। कई बच्चे देखने के बाद उनकी नजर अचानक उस पर पड़ी जिसको उन्होंने कहाँ–कहाँ न ढूँढा था। छोटा सा गोरा, लम्बे, घुंघराले बाल, चेहरे पर भरपूर मासूमियत लिये वो अरुण ही तो था। कुछ लम्बा व कमजोर जरूर हो गया था वो। शबाना अचानक जोर से बोली अरुण। शमीम भी देखने व पहचानने लगा अचानक उसने अपनी जेब से एक फोटो निकाला और चेहरा मिलाने लगा। यह फोटो दोनो परिवारों ने मेले मे खिंचवाया था।

'हाँ यह तो अरुण ही है।' शमीम बोला

शमीम ने अनाथ आश्रम वालों को अपने दोस्त के बारे मे पूरी बात बताई और अरुण को उनके साथ भेजने की बात कही। अनाथ आश्रम वालों ने बच्चे के माता–पिता की पहचान माँगी तो शमीम ने उन्हें वह फोटो दिखा दिया। जिसे रामनरेश और शमीम के परिवार ने मेले मे एक साथ खिंचवाया था। जिसे देखने के बाद अरुण को शमीम को सौंप दिया गया। शमीम अरुण को अपने साथ ले आया।

उसने अपनी पत्नी से कहा– 'कल ही पंडित को तार डालकर अरुण के मिलने की खबर देनी पड़ेगी।'

यह सुनकर शबाना बोली– 'इतनी जल्दी क्या है? जब तक हमें कोई बच्चा गोद नही मिल जाता तब तक अरुण की खबर पंडित जी को न दे।'

पर शमीम बोला– 'पर यह गलत है। तुमने देखा नही कितने परेशान थे? वो लोग किसी के बच्चे को आखिर कब तक अपने साथ रखेंगे? यह तो दोस्त से धोखा होगा।'

यह सुनकर शबाना ने तुरंत उसे अपनी कसम दे दी वह जानती थी कि वह उसकी कसम नही तोड़ेगा। शमीम बोला, 'पर... शबाना।' दुबारा बोली, 'पर–वर कुछ नही आपको मेरी कसम।' शमीम कुछ न कह सका। 'ठीक है बेगम जैसी तुम्हारी इच्छा।' कहकर शमीम अपनी दुकान को चला गया। शबाना की खुशी का ठिकाना न था। अचानक उसका दिमाग ठनका कहीं पड़ौसियों मे से किसी ने बच्चे को पहचान कर भारत पंडित को फोन कर दिया तो क्या होगा?

उसने मन ही मन कुछ सोचा और शमीम के दुकान से लौटने पर बोली– 'मैं कुछ दिनों के लिये अम्मी के पास जा रही हूं। उनकी तबीयत नासाज है कल सुबह की

बस पकड़ के चली जाऊँगी।'

शमीम बोला– 'पर ये बच्चा कौन सम्भालेगा?'

'आप उसकी फिक्र न करे मैं उसे अपने साथ ले जाऊँगी और जल्दी लौटने की कोशिश करुंगी।'

शमीम बहुत थका था बोला, 'ठीक है जो तुम ठीक समझो। फिलहाल तो मुझे भूख बहुत लगी है बेगम खाना लगा दो कल से तो मुझे खुद ही बनाना पड़ेगा और हाँ मेरी जरूरत पड़ेगी तो बता देना।'

'जी जरूर।' कहकर वह खाना लगाने लग गई

अगले दिन सुबह पाँच बजे की बस से वह रावलपिन्डी अपने मायके आ गई। वहाँ आकर उसने अपनी अम्मी–अब्बू को सब बातें बताई। वह भी चाहते थे कि नन्हा अरुण शबाना की औलाद बनकर रहे। अगले दिन मस्जिद में अरुण को अनाथ बच्चा बताकर शबाना को गोद दिलवा दिया गया। शबाना के वालिद का मौलवियो के बीच बड़ा रुतबा था तो सारी कागजी कार्यवाही भी उनने करवा दी। अरुण का नाम अली रखा गया। उसके घुंघराले बाल कटवा दिये और सभी रस्में एक दो दिन मे पूरी कर दी गई। शबाना को डर तो था कि यह सब जानकर शमीम उससे नाराज होगा पर अली के मुँह से अम्मी जान सुनकर उसका हौसला दस गुना बड़ जाता था। वह सोचती आखिर मेरा कसूर क्या है? क्यो मुझे औलाद का सुख नही मिलना चाहिये? अब तक तो पंडित जी का परिवार सँभल भी गया होगा और उनकी तो और औलाद हो जायेगी पर मैं तो बाँझ होने का दर्द लिये जी रही हूं। तभी अली ने आकर अम्मी जान आवाज दी। शबाना की आँखे नम हो गई वह अली के चेहरे को बेतहाशा चूमने लगी। उसके भीतर की ममता प्यार के रूप मे झलक पड़ी। मेरा राजा बेटा तू कभी मुझसे दूर नही जाना' और उसे बाँहों में छुपा लिया। अली तुतलाता हुआ बोला– 'अले अम्मी जान मेला ताजल मिटा दिया।'

'अरे मेरे लाल ने काजल लगाया है, टोपी डाली है। अब लग रहा है न मेरा राजा बेटा।' यह कहकर उसे गोद में उठाकर प्यार करने लगी।

15 दिन बीत गये। जब शमीम को शबाना की कोई खबर न मिली तो वह शबाना को लेने रावलपिन्डी आ गया। शबाना के अम्मी अब्बू ने शमीम की बहुत खातिरदारी की। फिर शमीम को सारी बात बता दी। तभी छोटा सा अली शमीम के

गले लग गया और बोला अब्बू– 'आप हमे लेने ते लिए आए हो।'

शमीम को यह सब बिलकुल अच्छा नही लगा। उसे शबाना से यह उम्मीद बिलकुल नही थी। वह ऊँची आवाज मे चिल्लाया– 'शबाना ये सब करने से पहले तुमने मुझसे पूछना तक मुनासिब ना समझा और मै वहाँ तुम्हारे और अम्मी की खैरियत की दुआ कर रहा था। तुम्हारी आँखो में औलाद नाम की जो पट्टी बधी है इसकी वजह से मैं अपनी ही नजरों में शर्मिन्दा हो गया हूं। क्या जवाब दूँगा मैं अपने दोस्त को। तुम्हे जरा भी ख्याल नही आया इस बच्चे की माँ कितना तड़पती होगी इसके लिये।'

शबाना फूट–फूट कर रोने लगी। शमीम सर पकड़कर बैठ गया। आज तक उसने शबाना से ऊँची आवाज मे बात नही की थी। वह शबाना से बेहद प्यार करता था पर इस बात से वह टूट सा गया था।

तभी शबाना के अब्बू ने शमीम के कांधे हाथ रखते हुऐ शबाना और अपनी बीवी को देखते हुऐ कहा– 'हमें शमीम से बात करनी है। थोड़ी देर को आप सब यहाँ से जाये।' शबाना और अम्मी वहाँ से चले गये। 'शमीम, हमें मुआफ कर दो यह सब हमारी वजह से हुआ। हमसे अपनी औलाद का दुख देखा नही गया, हम स्वार्थी हो गये थे इसलिये हमने अपनी पहचान और रुतबे का फायदा उठाकर यह पाप कर डाला। तुमसे हमारी विनती है जो हो गया है उसे अल्लाह की मर्जी मानकर कबूल कर लो, इसकी सजा हमारी मासूम बेटी को मत दो। हम तुमसे सिर्फ यही चाहते है जो भी सजा देनी है हमको दो।' यह कहकर वो शमीम के आगे झुक गये

शमीम बुजुर्गों का बड़ा सम्मान करता यह बात अब्बू जानते थे। इसलिये उनकी उन बातों से वह सहमत हो गया और बोला शायद अल्लाह की यही मर्जी है। मगर उसने यह शर्त भी रखी कि भारत से पंडित का कोई खत आया तो वह झूठ नहीं बोलेगा और अली को वापिस कर देगा।

'ठीक है जैसी तुम्हारी मर्जी। पर जब तक वो शान्त है तुम कुछ मत बताना और लाहौर जाकर इस बच्चे को अपनी औलाद की तरह पालना, पड़ौसियों से इसका जिक्र मत करना कि यह पंडित की औलाद है।'

'जी' कहकर उसने शबाना को आवाज दी और अपने घर चलने को कहा। दोनों वापस आ गये और पहले की तरह जिन्दगी गुजारने लगे। अली का पहनावा व वक्त के साथ चेहरे मे आये बदलाव को देखकर कोई एक दो लोग जिन्होंने कभी पहले

उसे देखा भी था वह भी पहचान ना सके। धीरे–धीरे समय बीतता रहा। अली उन्हीं सा भोजन करता और उन्हीं की सी वेशभूषा व भाषा बोलता। उन दोनो का प्यार दुलार पाकर वह थोड़ा जिद्दी होता जा रहा था मगर वह उसकी हर जिद्द पूरी करते क्योंकि धीरे–धीरे वह शमीम की भी आँखों का तारा हो गया और शबाना तो अपनी सारी ममता उस पर लुटा ही चुकी थी।

इधर पंडित अपने बेटे वरुण, रघु और सबसे छोटी व लाड़ली बेटी राखी के साथ दिन बिता रहे थे। फिर भी वह लोग अरुण को नही भुला पाये उसने लगातार कई बरसो तक शमीम को खत लिखे जिन्हें शबाना ने कभी शमीम तक पहुँचने नही दिया। अन्त मे हारकर उसने खत लिखना बंद कर दिया। 15 साल बीत गये। छोटा सा अरुण कब एक अट्ठारह वर्षीय कट्टरधर्मी अली में बदल गया पता ही नही चला। 1965 में भारत पाक युद्ध हुआ। जिसे कश्मीर के दूसरे युद्ध के नाम से भी जाना जाता है। इसमे कश्मीर के अलावा पाकिस्तान ने कच्छ के रण मे झड़पें शुरू कर दी। शुरू में इनमें केवल सीमा सुरक्षा बल ही शामिल थे। बाद में दोनो देशों की सेना इसमे शामिल हुई। जिसमे पाकिस्तान की सेना की तरफ से अली भी युद्ध में शामिल था। शमीम और शबाना इस बात से बहुत परेशान थे मगर अली की जिद्द के आगे लाचार थे। इकलौती औलाद की चिंता उन्हें हर पल सताने लगी। लड़ाई का हाल रेडियों में समय–समय पर पता लगता रहता था। इधर पंडित का दूसरा बेटा वरूण जो अरूण का हमशक्ल और जुड़वा भाई था वह भारतीय सेना की तरफ से युद्ध मे शामिल था। एक दिन अली को एक पाकिस्तानी सैनिक ने बताया कि हूबहू अली सा एक सैनिक भारतीय सेना मे देखा गया जिसकी खबर पाकिस्तानी जासूसों ने दी थी। यह सुनकर अली परेशान हो गया। शक्ल मिलने के कारण पाकिस्तानी सेना की तरफ से खुफिया जानकारी हासिल करने के लिये अली को भारतीय सेना मे भेजने के लिये तैयार किया गया और उसे भी अपने हमशक्ल उस सैनिक को देखने की बहुत इच्छा हुई। उसने भारतीय सैनिक की वर्दी पहनी और छुपते छुपाते भारतीय खेमे मे आ गया। सेना के अफसरों की एक विशेष मीटिंग के बारे मे उसे पता लगाना था। उसे वरुण का हमशक्ल होने का फायदा मिल सकता था। और पाकिस्तान को इस युद्ध में उस जानकारी से फायदा मिल सकता था। मगर उससे पहले वो अपने हमशक्ल को देखना व उसके हाव भाव की जानकारी लेना चाहता था जिससे उसको मीटिंग के दौरान देखकर सब अधिकारी उसे अपनी सेना का सैनिक समझ ले। हालाँकि उस मीटिंग मे सिर्फ पदाधिकारी ही

सम्मिलित हो सकते थे फिर भी कुछ एक सैनिक चाय पानी देने अंदर कमरे मे जा सकते थे और इसी बात का अली फायदा उठाना चाहता था। जब वह खिड़की से ताक झाँक कर रहा तो दो आँखे उसकी इन संदिग्ध हरकतों को दूर से देख रही थी। धीरे–धीरे वो पास आती गई और अचानक अली को अहसास हुआ कि बंदूक की नाल उसकी पीठ पर बडी तेजी से चुभती जा रही है। इससे पहले कि वो कमर से बंदूक निकाल पाता एक आवाज ने उसे झटके के साथ पलटने पर मजबूर कर दिया और जैसे ही दोनों की नजरें एक दूजे से टकराई दोनों बदहवास से एक दूसरे को देखते रह गये। वरुण को समझते देर न लगी कि यह उसका वही बिछड़ा भाई है जिसके बारे मे अकसर उसके माता–पिता बातें करते है और आज भी उसे याद करके वो लोग रो पड़ते है। दोनों के नाक नक्शा काठी चेहरा रंग यहाँ तक कि आवाज भी एक सी थी। जब वरुण ने अली की पीठ पर बन्दूक तानी और बोला 'हिलना मत' तो अली अपने से मिलती जुलती आवाज सुनकर ही तुरंत चौंककर मुड़ गया था और जैसे ही उसने वरुण को देखा तो हूबहू शक्ल देखकर वह और चकित हो गया। बस दोनो के चेहरों में जो एक फर्क था वह यह कि अली के चेहरे मे हल्की सी दाढ़ी थी, वरुण के मुँह से अनायास ही भाई शब्द निकल गया। उसने अली को बाहों में भर लिया। खुशी से उसकी आँखे चमकने लगी, 'आखिर भगवान ने मुझे तुमसे मिला दिया। पिताजी को जब यह पता लगेगा वह कितने खुश होगें।'

मगर अली स्तब्ध सा खड़ा था। जैसे बहुत कुछ जानने की कोशिश कर रहा हो। उसकी आँखो मे उठ रहे प्रश्नों को वरुण समझ गया। उसने जेब से एक तस्वीर निकाली और अली को दी। 'ये देखो हमारी बचपन की तस्वीर जिसे मैं हमेशा अपने साथ रखता हूं।' फिर उसने उसे उसके लापता होने व पाकिस्तान से पलायन की सारी कहानी बताई। ये वही तस्वीर की कॉपी थी जो शमीम और रामनरेश के परिवार ने साथ मे खिंचाई थी। अली ने बताया कि वो उसके अम्मी अब्बू है। और कुछ और बातें साफ होने पर वह दोनो समझ गये कि शमीम और शबाना ने किस कारण इतना बड़ा धोखा दिया होगा वरुण बोला, 'भाई सारी सच्चाई तुम्हे पता लग गई है, तुम हिन्दू हो हिन्दुस्तान की माटी तुम्हें पुकार रही है। चलो मेरे साथ माँ बाबूजी जब तुम्हे देखेगें तो कितने खुश हो जायेंगे। तुम अभी के अभी मेरे साथ बड़े साहब के पास चलो वो बहुत अच्छे इंसान हैं, वह जरूर इसका कोई न कोई उपाय बता देगें।' अली बहुत परेशान हो गया। उसे ऐसा लगा जैसे किसी ने उसके पैरों के नीचे से जमीन खींच ली हो। उसका

दिमाग सुन्न हो गया, क्या करे बेचारा कहाँ जाये? एक तरफ जन्म देने वाले माँ–बाप जो आज भी उसका इंतजार कर रहे है। ये जानकर उसका मन भी उनसे मिलने को तड़प उठा और दूसरी तरफ झूठे ही सही पर उसे जान से ज्यादा चाहने वाले अम्मी अब्बू। वह सर नीचे करके बैठ गया।

वरुण बोला– 'क्या हुआ भाई क्या सोच रहे हो?'

अली कुछ सोचकर बोला– 'मैं सब कुछ समझ गया मेरे भाई।' यह कहते–कहते वह पीछे पीछे को जाता गया। वरूण उसकी बातें सुनते–सुनते उसके साथ चलता रहा। अली कहता जा रहा था कि, 'मैं आज यहाँ पर न किसी का बेटा हूं न ही किसी का भाई। यह जंग का मैदान है और मै एक सिपाही। मेरा फर्ज सिर्फ अपने वतन के हक मे होना चाहिये। चाहे वो सही हो या न हो। पर मुझे सबसे पहले अपने वतन के लिये वफादार रहना चाहिये। आज यहाँ इस जमीन पर जब मैं यहाँ आ ही गया हूं तो न मेरा धर्म हिन्दू है न मुसलमान बस मैं योद्धा हूं, युद्ध ही मेरा धर्म है।' बातों–बातों मे वो एक सुरक्षित सीमा तक पहुँच गया था तभी अचानक उसने वरुण को गले लगाया और बोला, 'जिन्दा रहा तो जरुर मिलूँगा मेरे भाई खुदाहाफिज।' यह कहकर बड़ी चालाकी से वो उस तरफ दौड़ गया जिस तरफ से आया था। कुछ पल को वरुण जड़ सा वही खड़ा रह गया पर जब वह उसकी बातों के बहाव से बाहर निकला तो उसे भी अपना कर्म याद आया और वह बंदूक लेकर उस ओर भागा जिस ओर अली गया था पर वह नही मिला। दो दिन बाद उसने उसके साथियों को आपस में बात करते हुऐ सुना, 'बहुत बहादुरी से लड़ा सुना है। अपने अफसर की जान बचाते हुआ शहीद हुआ।' एक बोला, 'हाँ आज के अखबार में आया है।' वरूण उत्सुकता से बोला, 'कौन शहीद हो गया भाई उनमें से।' एक सैनिक बोला, 'अरे वही अली सरहद पार वाला तेरा हमशक्ल।' वरुण को लगा जैसे किसी ने उसके सीने में गोली दाग दी। उसे अरुण के शब्द याद आ गये 'मैं योद्धा हूं, युद्ध ही मेरा धर्म है।'

गणिका

वह रात्रि का समय था। नंदनगरी के बाहर बनी बस्ती जहाँ नगरबधुओं का वर्चस्व था, दीपों से झिलमिला रही थी। नृत्य संगीत की महफिलें चल रही थी। द्वार खुलते व बन्द होते, अदाएं बिखेरती बालाएँ लोगो को ऐसे मोहती कि व्यक्ति दिल–दिमाग–धन सब वही छोड़ आता, मगर लाता क्या अपने साथ सिर्फ एक आदत शराब की, और उन बालाओं को पुनः देखने की चाहत, जो उन्हे बार–बार वहाँ जाने को मजबूर करती। दीप धीरे–धीरे लगभग सब बुझ चुके थे। सभी गणिकाएं थकी–हारी देह लिये गहरी निद्रा मे थी। तभी उस बस्ती के एक द्वार पर जोर–जोर की आहट हुई। महिमा नाम की एक गणिका उस बड़े से कक्ष में अकेले रहती थी। उसने पलंग पर लेटे–लेटे जोर से बोला– 'कौन है कल आना, अब सोना है मुझे।'

बाहर से आवाज आई, 'खोलो द्वार खोलो, कृप्या कर के द्वार खोलो।' महिमा को एक पल को समझते देर न लगी कि कोई मुसीबत की मारी स्त्री दरवाजा पीट रही है। वह पास रखे दिये को जलाकर मन मारकर उठी, दरवाजा खोला। सामने एक घबराई सी लड़की दुल्हन के लिबास मे खड़ी थी। दरवाजा खुलते ही वो भीतर आ गई और कुंडी चढ़ा कर बोली– 'मुझे बचा लो दीदी। मैं आपका अहसान कभी नही भूलूँगी।'

तभी महिमा को सभी दरवाजों पर थाप पड़ती सुनाई दी। उसने जल्दी से उस लड़की को दीवार में लगे बड़े से आईने के पीछे, जिसके पीछे एक गुप्त कमरा था, उसने लडकी को उसी कमरे मे छुपा दिया और आईने को वापस स्थान पर लाकर वो गुप्त कमरा बन्द कर दिया। दरवाजे पर थाप बढ़ने लगी तो महिमा ने क्रोध से द्वार खोला– 'क्या है सोने नही दोगे क्या? क्यों दरवाजा पीट रहे हो?'

सामने 6 अधेड़ उम्र के आदमी खड़े थे, बोले– 'कोई लड़की आई यहाँ 16–17 वर्ष की।'

महिमा ने अपने अंदाज मे जवाब दिया– 'क्या बाबूजी, यहाँ सिर्फ मर्द आते है। लड़की क्यों आयेगी? आप भी मजाक करने का समय तो देखते कम से कम।'

उनमे से एक चिड़ते हुऐ बोला– 'हट देखने दे।' सारे कमरे की तलाशी लेकर बोले– 'चलो यहाँ से भाग गई लगता है।'

एक बोला– 'कब तक भागेगी।'

दूसरा बोला– 'सही कहा कब तक बचेगी।'

यह कहकर वो वहाँ से चले गये। महिमा दूर तक उनको जाते देखती रही। जब उसे तसल्ली हो गई तो उसने द्वार बन्द किया और आईने के पास आकर धीरे से आईना सरकाया और बोली– 'बाहर आ जाओ।'

लड़की घबराते हुऐ बाहर आई। उसने पूरे कमरे का एक नजर मे निरीक्षण किया। कमरे से सटा रसोई घर स्नान घर की तरफ देखा। जब उसे कोई शंका न रही तो उसने महिमा का हाथ थाम कर आभार व्यक्त किया। महिमा ने एक वाक्य में पूछा– 'कौन हो? क्या नाम है तुम्हारा? ये लोग कौन थे?'

वह बोली– 'मेरा नाम सुगन्धा है। मैं पास के गाँव में अपनी सौतेली माँ और भाई के साथ रहती हूं। मेरी सौतेली माँ व भाई ने मेरे पिता की मृत्यु के बाद मुझे बहुत परेशान किया। मैनें सब दुख सहे, लेकिन अब तो उन्होंने हद कर दी। गाँव के साठ साल के बूढ़े मुखिया को मुझे 10 सोने के सिक्कों में बेच दिया। वह मुझसे जबरदस्ती लगन कर रहा था। मगर मैं वहाँ से भाग आई।'

महिमा बोली– 'ओह मगर ऐसे दुष्टों से कैसे बचकर भाग आई?'

सुगन्धा बोली– 'यह उस दुष्ट मुखिया का चौथा विवाह होता। उसकी पहली पत्नी ने आत्महत्या की, दूसरी बीमारी से मर गई, तीसरी वही रहती है। तीसरी के होते उसने मुझसे विवाह करना चाहा क्योंकि उसका कोई पुत्र नहीं है। इसी एक पुत्र लालसा के कारण वह मुझ गरीब मजबूर लड़की से विवाह करना चाहता था। उसकी 24 वर्ष की एक विवाहित पुत्री है जिसका पति भी उससे 20 वर्ष बड़ा है। उसी लड़की की मदद से मैं वहाँ से भाग पाई। मैं एक परदेशी बाबू से प्रेम करती हूं और वह भी मुझे बहुत प्रेम करते है।'

महिमा कुछ उत्सुकता से बोली– 'परदेशी? कहाँ मिल गया तुझे?'

सुगन्धा शर्माते हुऐ बोली– 'एक माह पहले की बात है। मैं जंगल से लकड़ियाँ बीनने गई थे, वही मिले वह मुझे। वह नंदनगरी से आगे एक जगह है 'सूरजपुर नगर' वही के रहने वाले है। उनका नाम सुकुमार है। वह जंगल में अपने दो मित्रों के साथ आखेट के लिये आये थे, मुझे जंगल मे देखकर बोले रात बहुत हो गई हम परदेशी है, कहीं रुकने का स्थान बता सकती हो। क्योंकि मेरे भाई गाँव में नही थे तो मैं उन्हे माँ के पास ले गई और धन की लोभी मेरी माँ ने तुरंत उनको रहने का स्थान दे दिया। मैनें

उनके स्नान भोजन आदि की व्यवस्थता की जिसकी उन सभी ने प्रशंसा की। जाते वक्त सुकुमार ने मुझसे कहा– 'कि वह मेरी जैसी सर्वगुण सम्पन्न स्त्री से ही विवाह करना चाहते है।' फिर वह लोग वहाँ से चले गये। परन्तु मेरे कानों मे वही शब्द गूँजते रहे। हर पल उनकी यादें, उनकी बातें उनके स्वप्न आते रहे। वह चमत्कारी आँखे जैसे हर पल दूर बैठे मुझे पुकार रही हो। उनकी यादों के साथ जैसे–तैसे दिन गुजार रही थी कि पंद्रह रोज पहले जंगल मे पुनः उनको देखकर मैं पहले तो खुद में ही बुदबुदाई। क्या हो गया है तुझे सुगन्धा कही तू पागल तो नही हो गई? अब खुली आखों से भी सुकुमार दिखने लगे। तभी काँधे पर किसी की छुअन से मैं जोर से चीखने ही वाली थी कि उस व्यक्ति ने मेरे मुँह पर हाथ रख दिया। मैं एकटक उसे देखती रह गई वह सुकुमार ही थे।

मेरे मुँह पर हाथ रखकर ही वो बोले– 'मैं हू पहचाना नही क्या?'

मैंने मन ही मन उत्तर दिया मेरी नींद उड़ाने वाले को मैं कैसे न पहचानूँगी? उसने फिर प्रश्न दोहराया। मैने आँखे झपकाते हुऐ हाँ पहचाना उत्तर दिया।

उसने तुरंत मेरे मुख से हाथ हटाया और हंसते हुऐ बोले– 'तुम्हारी बोलती तो मैनें बन्द कर दी तुम जवाब कैसे दोगी।'

मैं भी हँस दी। 'सच में बोलती तो बन्द हो गई आपको यहाँ देखकर। मुझे विश्वास नही हुआ इसलिये।' मैं बोली

वह मेरे पास आये और बोले– 'मैं तुम्हारे घर रिश्ते की बात करने के लिये अपने माता–पिता के साथ अगले शुभ मुहूर्त मे आने वाला हूं। उससे पहले मैं तुमसे पूछना चाहता था कि तुमको मुझसे विवाह करने मे कोई आपत्ति तो नही।'

यह सुनकर मेरे नेत्र छलक आये। मैने काँपते हुऐ अधरों से कहा– 'मंदिर के प्रसाद से किसी को कभी आपत्ति हुई है भला। वह भी तब, जब वह उसका मनपंसद प्रसाद हो।

'इसका मतलब तुम भी मुझसे प्रेम करती हो।' वह बोले

मैने सर हिलाकर हामी भरी। उसने प्रसन्नता से मुझे बाहों में भर लिया। कुछ पल एक दूसरे से लिपटे हम सबकुछ भूल गए थे। सहसा मुझे अपने भाई व माँ का ध्यान आया। मैं तुरंत एक झटके के साथ सुकुमार से विमुख हो गई। मैनें कहा– 'बहुत कठिनाइयाँ है इतना आसान नहीं।'

फिर मैनें उन्हे अपने घर परिवार के बारे मे सब कुछ बताया। जिसे सुनकर

वह सोच मे डूब गये। फिर मुझे ढाढ़स बँधाते हुऐ बोले– 'चिंता मत करो चाहे कुछ हो जाये पर मैं तुमसे ही विवाह करूगाँ। अपने माता–पिता को लेकर जल्दी ही तुम्हारे घर आऊँगा, तुम मेरा इंतजार करना।' यह कहकर उन्होंने एक कंगन मेरे हाथ में डाला और बोले– 'दूसरा कंगन पत्नी होने के बाद दूंगा।'

मैंने कहा, 'मैं इंतजार करुंगी।'

बातों–बातों मे समय बहुत अधिक हो गया। हम दोनों अपने–अपने घर लौट गये। जंगल मे देर होने के कारण घर पहुँचते ही सौतेले भाई व माँ की मार व गालियों से मेरा स्वागत हुआ। चूल्हे की लकड़ी से मेरा पाँव दाग दिया। घर से बाहर न निकलने की हिदायत दी और न जाने कब मुझे उन्होंने उस मुखिया को बेच दिया। मुझे तो तब पता चला जब विवाह की तैयारियाँ होने लगी। विवाह के दिन मुझे तैयार करने ठाकुर की बेटी आई। उसकी बातों से मुझे ज्ञात हुआ वह भी इस विवाह के खिलाफ है और उसने ही मुझे ये सब बातें बताई। मेरे प्रति उसका स्नेह देख मैने भी सुकुमार के विषय में उसे बताया और उसी की मदद से मैं वहाँ से भाग आई। 'बाकी तो आप सब जानती है दीदी,' सुगन्धा, महिमा का हाथ पकड़कर बोली।

महिमा की आँखे नम थी। वह बोली– 'चिंता मत करो। यह कहानी बार–बार नही दुहराई जायेगी। तुम यहाँ सुरक्षित हो। तुम्हारा विवाह सुकुमार से करवाना अब मेरा ध्येय है। रात बहुत हो गई है कुछ खाकर विश्राम कर लो।'

हल्का सा प्रकाश हो रहा था। देर तक सोने वाली महिमा आज जल्दी उठ गई। उसने स्नान आदि किया, तैयार हुई। बागीचे से फूल चुने व मंदिर अपने प्रिय कान्हा के दर्शन के लिये चल दी। मंदिर से लौटते समय वह एक घर के सामने रुकी। कुछ देर सोचने के बाद उसने द्वार खटखटाया। एक पुरूष बाहर आया। महिमा को देखते ही उसकी आँखे चमक गई। खुशी से बोला– 'महिमा तुम? मेरे यहाँ।'

महिमा बोली– 'मुझे तुमसे बहुत जरूरी काम है अन्यथा यहाँ कभी न आती।'

युवक गंभीर हो गया। 'क्या बात है बताओ? मैं तुम्हारी कोई मदद कर पाया तो शायद मेरे कुछ पाप धुले।' महिमा उसे एक कोने मे ले गई और कुछ बताने लगी। उसने अपना घूँघट चेहरे तक खींच लिया था जिससे उसे कोई पहचाने नहीं। बात पूरी होने पर वह तेजी से वहाँ से निकल गई। अपने कमरे में पहुँचकर वह पलंग पर बैठ गई। उसके नेत्र अश्रु से भरे हुऐ थे। आज वह अपने अतीत के सामने खुद गई थी। यही तो था जिससे वह प्यार करती थी रघुनाथ? अभी उसी से तो मिलकर आई थी वह

दोनो पागल थे एक दूजे के लिये। मगर छोटी जाति की होने के कारण रघुनाथ के परिवार ने महिमा को नही अपनाया और रघुनाथ का विवाह कहीं और करा दिया। रघुनाथ ने विरोध तो किया पर जीत परिवार की हुई थी और महिमा जो बिन ब्याही माँ होने जा रही थी उस पर तो बिजली ही गिर गई। परिवार व समाज ने उसका गाँव से बहिष्कार कर दिया और उसे गाँव से बाहर निकाल दिया। उस समय एक नगरवधु ने ही उसे आसरा दिया था। रघुनाथ छुपकर कुछ दिन बाद उससे मिलने भी आया था। अपनी कायरता के लिये माफी भी माँगी और महिमा से सदा साथ रहने का वादा भी किया। मगर महिमा ने उसकी सभी बातें अस्वीकार कर दी क्योंकि वह उसकी पत्नी को कोई दुख नही देना चाहती थी। वह जानती थी कितनी पीड़ा होती है जब कोई अपना प्रियजन दुख देता है। उसने रघुनाथ को कसम दी कि वो उससे अब कभी मिलने नही आयेगा। क्या–क्या न सहा था उसने, यहाँ तक कि वह अपने प्रेम की निशानी भी खो चुकी थी। पेट पालने के लिये ही उसे गणिका बनना भी स्वीकारना पड़ा। अचानक महिमा की नजर सोती हुई सुगन्धा पर पड़ी और अतीत की स्मृतियों से वह बाहर निकल आई। कितनी रूपसी है यह खिलती कली सी, निर्मल नदी सी, नहीं–नहीं इसे गणिका नही बनने दूँगी मैं। यह सोचते हुऐ कमरे को सुसज्जित करने लगी। सुगन्धा बहुत देर तक सोती रही। जब वह जागी तब तक महिमा के सभी कार्य हो चुके थे।

महिमा बोली– 'दोपहर होने को है। जल्दी से स्नान कर लो कपड़े निकाल दिये है तुम्हारे लिये।' सहसा रुकी फिर बोली– 'मैनें तो पूछा ही नही क्या तुम मेरे वस्त्र पहनोगी।'

सुगन्धा बोली– 'क्यों नही दीदी, जरूर पहनूँगी।'

महिमा की आँखे चमक गई। बोली– 'पुराने है पर दो चार बार ही पहने है। तब मैं तुम्हारी तरह ही थी अब थोड़ा वजन बढ़ गया है। तुमको ठीक आयेंगे।' सुगन्धा स्नान करने चली गई। कुछ देर मे वह स्नान करके बाहर आई तो महिमा बोली– 'कितनी सुन्दर लग रही हो यह गुलाबी रंग के घाघरा चोली में।' वह मुस्कुरा दी। आओ भोजन तैयार है। दोनो भोजन के पश्चात बातें करने लग गई। संध्या कब हुई पता ही नही चला उन्हें। महिमा ने संध्या की आरती की, दीप जलाया और बाहर खड़े एक किन्नर से बोली– 'सुन राजा आज किसी को मत आने देना मेरे यहां। मेरी तबीयत ठीक नहीं, हाँ अगर रघुनाथ जी आये तो भेज देना।'

'जी दीदी।' कहकर किन्नर वही चक्कर लगाने लग गया। महिमा ने द्वार बन्द कर लिया। सुगन्धा ने उसे कृतज्ञ नजरों से देखा। महिमा रसोई बनाने लग गई। सुगन्धा उसकी मदद करने लगी।

उसने झिझकते हुऐ पूछा– 'दीदी यह रघुनाथ कौन है?

महिमा ने एक आह भरी फिर बोली– 'वह मेरा सुकुमार है।'

सुगन्धा ने उत्सुकता जताई और महिमा उसे अपनी कहानी सुनाने लग गई। बात करते–करते काफी रात हो गई। दोनों की आँखे आँसुओं से भीगी थी। अचानक राजा ने द्वार खटखटाया और आवाज लगाई– 'दीदी रघुनाथ जी आये है किसी के साथ।'

महिमा ने सुगन्धा को अंदर जाने को बोला और अश्रु पोंछकर खुद को व्यवस्थित किया और द्वार खोलने चली गई। रघुनाथ के साथ एक सुन्दर सा युवक देखकर महिमा समझ गई कि यही सुकुमार होगा। उसने रघुनाथ को अंदर आने का इशारा किया और पूछा– 'ये सुकुमार है क्या?' रघुनाथ ने हाँ मे सिर हिलाया दोनो भीतर आ गये तो महिमा ने झट से द्वार बन्द कर दिया। दोनों को बैठने का इशारा किया और फिर सुगन्धा को पुकारा। सुगन्धा ने जैसे ही सुकुमार को देखा भागकर उसके सीने से जा लगी।

सुकुमार ने भी उसे सीने से लगा लिया बोला– 'कहाँ–कहाँ नही ढूंढा तुम्हें, थक गया था मैं। जब अपने माता–पिता को लेकर तुम्हारे गाँव पहुँचा तब गाँव के लोगो से तुम्हारी सारी बातें पता हुई। सच जानकर पहले तो मेरे माता–पिता ने तुम्हें भूल जाने को कहा। परन्तु मैनें भी बोल दिया कि मैं तुमसे ही विवाह करूँगा वरना आजीवन कुँवारा रहूँगा और मेरा सच्चा प्रेम देखकर वो पिघल गये। मैने उन्हे किसी तरह मना लिया। मैने कहा कि इसमें तुम्हारा कोई दोष नहीं है और तुम पर हुए सब अत्याचार भी बताए और फिर वह मान गये। यहाँ आने से पहले यह दूसरा कंगन माँ ने मुझे देते हुऐ कहा कि मेरी बहू को साथ लेकर ही आना। चलो हम कल ही मंदिर मे विवाह कर अपने गाँव चले जायेंगे।'

तभी रघुनाथ बोला– 'हाँ यही ठीक रहेगा क्योंकि विवाह हो जाने के बाद अगर किसी ने पहचान भी लिया तो गाँव के नियमों के अनुसार कुछ बिगाड़ नही पायेंगे। मैने सब तैयारियाँ कर दी है। सुबह ब्रह्म मुहूर्त मे हम तुम्हारा विवाह सम्पन्न करा देंगे फिर तुमको कोई कष्ट नही होगा।'

उस रात वे लोग वही रुके। सबने मिलकर भोजन किया। महिमा ने रघुनाथ से कहा– 'तुमने मेरी बात को इतना मान दिया मै बहुत आभारी हूं तुम्हारी।'

रघुनाथ बोला– 'तो क्या तुम मुझे माफ कर सकती हो और यह बस्ती, यह काम त्याग सकती हो।'

महिमा जोर से हँसी और बोली– 'मैं भले ही नगरवधु हूं नृत्य कर–करके मेरे पैर टूट जाते है, शरीर थकान से भर जाता है। मगर मैंने कभी अपनी देह को किसी को छूने नही दिया, न दूँगी इतना तो विश्वास कर सकते हो तुम अपनी महिमा पर। मुझे पेट पालने के लिये यह कार्य करना ही पड़ेगा। मैं जानती हूं तुम्हारी दुनियाँ के लोग मुझे कभी नही अपनाएंगे। कम से कम यहाँ के लोग मुझे पंसद तो करते है मेरे हुनर को सराहते तो है, वही बहुत है मेरे लिये।'

रघुनाथ बोला– 'तुम चन्दन हो महिमा मुझे गर्व है तुम पर।' बातों बातों मे समय गुजर गया और वह लोग ब्रह्म मुहुर्त में मंदिर को निकल गये। पंडित जी रघुनाथ के परिचित थे वह उनका ही इंतजार कर रहे थे। उन्होंने सुकुमार और सुगन्धा का विवाह मंत्रों के साथ विधिपूर्वक सम्पन्न किया। महिमा दूर खड़ी देखती रही उसकी आखों से आँसुओं की धार बह रही थी। दोनो ने पहले रघुनाथ के पैर छुऐ और फिर महिमा की ओर आने लगे। यह देख महिमा जाने को मुड़ी ही थी कि सुकुमार ने पीछे से दीदी कहकर पुकारा। महिमा के पाँव जम गये, हृदय में एक वेदना एक टीस उठ गई। तभी सुगन्धा ने उसे गले से लगा लिया और बोली, 'बिना आशीर्वाद के भेजोगी क्या अपनी छोटी बहन को।' दोनो गले लगकर कुछ देर लिपटकर रोती रही। रघुनाथ ने तब दोनों को धीरज बंधाया और सुकुमार से कहा इससे पहले कि कोई तुम्हे देख ले यहाँ से शीघ्र निकल जाओ। दोनो ने महिमा के चरण छुऐ। महिमा सुकुमार से बोली सुगन्धा एक गणिका के निवास मे रहकर आई है यह भेद ही रखना। मैं नही चाहती मेरी बहन पर कभी कोई दोष लगाये। दोनो सजल नेत्र लिये वहाँ से चले गये। महिमा और रघुनाथ उन्हें तब तक देखते रहे जब तक कि वह उनकी आँखो से ओझल न हो गये। रघुनाथ ने एक लम्बी आह भरी और बोला काश मैने भी सुकुमार जैसी हिम्मत की होती तो आज हम दोनो भी साथ होते और तुम्हे यूं गणिका का जीवन नही जीना पड़ता महिमा। महिमा ने कुछ न कहा और थके कदमों से अपनी बस्ती को चल दी।

धागा मेरे आँचल का

बहुत दिनों से बहुत अकेलापन महसूस कर रही थी। नयी जगह में आये एक साल बीत गया था पर अपने संकोची स्वभाव के कारण पड़ौसी व आस–पास किसी से मेल–जोल नही हो पाया। बच्चे पढाई और ट्यूशन मे व्यस्त रहते तो पति अस्पताल व अपने पेशेन्ट (रोगियों) मे व्यस्त रहते। नौकरी व काम को ही कर्तव्य समझने वाले व्यक्ति होने के कारण सुबह से शाम तक डॉ. साहब अस्पताल में ही व्यस्त रहते, मेरे लिये तो जैसे किसी के पास समय ही न था। क्या करूँ दिनभर? कितना टी वी देखूं? कितना सोऊँ? दिन में सो कर फिर रात को नींद नही आती थी। मायूसियत घिरती जा रही थी। तभी ख्याल आया क्यों न सेल्फ मे पड़ी किताबों को ही पढ़ लिया जाये। इससे पहले की दीमक उन्हें पढ़–पढ़ के चट कर जाये। मैनें उन्हे पोंछकर अच्छे से लगाया और खाली समय मे पढ़ना शुरू कर दिया। ज्यों–ज्यों मैं उन्हे पढ़ती गई अपने अतीत से जुड़ती चली गई। कितनी शौकीन थी मैं। बचपन से ही किताबें पढ़ने का शौक था मुझे, बचपन की कॉमिक्स बड़े होते–होते ऐतिहासिक किताबों व प्रेम कहानियों मे कब बदल गयी पता ही नही चला और कॉलेज के दिनों में भी वो शौक जस का तस बना रहा। पढ़ने के साथ–साथ मुझे लिखने का भी बहुत शौक था। जब भी बहुत खुश या परेशान होती एक कविता लिख देती। बहुत संभाल के रखती थी मैं उस डायरी को। भाई बहन मुझे चिढ़ाते थे। कहते, खजाना रखा है नीलम ने इसके भीतर। और मैं हँसते हुऐ कहती– 'खजाना ही तो है ये मेरा तुम लोग नही समझोगे।'

यादों के झरोखों से प्रेरित होकर जब मैं पुराने ख्यालों से बाहर निकली तो मैंने फिर से कुछ लिखने की ठानी। और मैनें अलमारी की तिजोरी से वो पैन निकाला जो किसी की अमूल्य भेंट था। सुनहरे रंग का वो पैन आज भी मेरे मन मे एक टीस दे गया। एक कागज पर पैन की निब रगड़ कर देखी तो उसकी इंक सूख गयी थी। ठीक उसी तरह जैसे उस पैन को देने वाले से मेरा रिश्ता सूख गया था। पर क्या वो रिश्ता हमेशा से ऐसा था? नहीं। कितना प्यारा था वो अहसास, वो रिश्ता। लाइब्रेरी में बैठी थी मैं और वो 'समीर' सामने की बैंच पर बैठा अखबार के कोने से मुझे देख रहा था। मुझे जैसे ही किसी की घूरती हुई आँखो का अहसास हुआ मैंने किताब से नजर हटाकर सामने देखा। उसने झट से पेपर से चेहरा ढक लिया। एक दो बार ऐसे ही हुआ तो मैं

उठकर उसके पास गई। मैने पेपर जैसे ही नीचे किया मेरी बोलती बन्द हो गई। एक गोरा सा मासूम चेहरे वाला चमकती हुई काली–काली आँखो वाला लड़का देख। मैं कुछ बोल ही नहीं पाई। हल्की सी मुस्कान मेरे चेहरे पर आ गई और उसका तो हाल ही बुरा था उसने अखबार को घबराहट में हाथों से ऐसा मसला कि देखते ही देखते उसने अखबार की फुटबॉल बना दी। उसकी घबराहट को देखकर मेरी मुस्कुराहट खिलखिलाहट में बदल गई। मगर तभी मुझे ध्यान आया हम लाइब्रेरी में है। मैने तुरंत लाइब्रेरियन की ओर देखा जो बड़ी–बड़ी डरावनी आँखो से हमारी तरफ घूर रहा था। इससे पहले कि वो कुछ बोलता मैं तेजी से लाइब्रेरी से बाहर निकल गई। बाहर आकर भी मैं बहुत देर तक मुस्कुराती रही। कुछ देर बाद जब मैं अपनी सहपाठियो के साथ अंग्रेजी के लेक्चर के लिये कक्षा में पहुँची तो मेरी नजर पहली बैंच पर पड़ी। जहाँ अकसर मैं और मेरी दोस्त बैठा करती थी। आज हमारी जगह में समीर और उसके दोस्त बैठे थे। मेरी एक दोस्त बोली– 'इनसे सीट खाली करने को बोलते है।' पर मैनें मना कर दिया। वो जाकर बोलने लगी पर मैं जाकर पीछे बैठ गई। तभी सर आ गये और मेरी सहेलियों को देखकर बोले– 'आल गायस गो बैक। लड़कियाँ आगे बैठेगी और बायज पीछे।' तभी सारे लड़के एक साथ पीछे आने लगे। मैं आगे जा रही थी मगर कैसे जाती, तभी समीर बोला– 'एक मिनट रूको पहले। बैक वाली गर्ल्स को आने दो सब साइड मे खड़े हो जाओ।' मेरी नजरें उस पर पड़ी तो वो मुझे ही देख रहा था। पीछे तो सिर्फ मैं ही थी। मैं जल्दी से आगे आ गई। ग्रेजुऐशन का दूसरा वर्ष था। दो माह बीत गये थे और ये लड़का क्लास मे नया दिख रहा था। क्लास खत्म होने के बाद मैनें सहेलियों से पूछा ये कौन है? तो मेरी सहेलियों ने बताया ये नया लड़का आया है बहुत होशियार है। पर मेरी हिम्मत उससे बात करने की कभी न हो पाई। समय बीतता गया और सैकन्ड ईयर की परीक्षा से पहले मुझे माँ के साथ मामाजी के बेटे की शादी मे जाना पड़ा। जब वापस आई तो कई बच्चों से नोट्स के लिये कापी माँगी पर पेपर से पहले कोई नोट्स देने के तैयार न हुआ। और पहली बार मैं खाली पीरियड मे अपनी दोस्त की कापी से नोट्स लिख रही थी कि तभी मेरी एक सहेली अलका ने मुझे नोट्स लाकर दे दिये। बोली घर जाकर पढ़ लेना अब लिखने का समय नही बचा। परसों पेपर है। मैं खुशी से फूली न समाई। मैने उसे गले से लगा लिया। उसे बहुत–बहुत धन्यवाद कहा और वो रजिस्टर बैग मे रख लिया और हम दोनो कैन्टीन चले गये। घर जाकर जब मैं पढ़ने लगी तो मुझे लगा कि ये काम मेरी सहेली का किया नहीं क्योंकि उसकी लेखनी मैं अच्छी तरह पहचानती थी। दो दिन के अवकाश के बाद

जब मैं सोमवार को कॉलेज गई तो वो रजिस्टर भी साथ ले गई। वो परीक्षा का प्रथम दिन था। मैंने अपनी सहेली अलका को रजिस्टर वापस दिया और उस रजिस्टर के लिये पूछा तो वो बोली– 'ये समीर का है मगर उसने बताने से मना किया है। जब उसे पता चला कि तुम्हारे पास नोट्स नही है तो उसने अपने रजिस्टर की जैरोक्स करवा ली। वो प्रति उसने रखी अपने लिये और रजिस्टर तुम्हें दे दिया। मगर तुम उससे कुछ मत कहना।'

मैं मान गई और मन ही मन मैंने समीर का आभार माना। समीर के लिये अब मेरे दिल मे एक विशेष स्थान था। मैं दिल से उसका सम्मान करने लगी थी। मगर उसमें प्रेम का कोई स्थान नही था। उसका कारण यह भी था कि उसने कभी मेरे समीप आने की कोशिश नहीं की। मुझे याद है जब एक बार बाहर के कॉलेज से आये कुछ लड़कों ने मेरी क्लास में जाने वाले रास्ते में फस्ट फ्लोर से सैकेन्ड फ्लोर जाने मे मेरा पीछा किया। और फिल्मी गीत गाने लगे। मैं घबराहट मे सँभल न पाई और फिसल कर गिर गई। शर्म के कारण मैं सिर नीचे करके सीढ़ी पर ही बैठ गई। साथ ही दर्द के कारण मैं खड़ी भी नही हो पा रही थी। मैं पाँच मिनट से अपना पैर पकड़ कर वहीं बैठी थी। अचानक मेरे पीछे से आ रही सब आवाजें बन्द हो गई। मैंने देखा समीर ने उन में से एक लडके को दीवार से दबा रखा था और कुछ को उसके दोस्तों ने। मैं घबराकर रैलिंग का सहारा लेकर धीरे से सीढ़ी उतरने लगी तभी समीर ने मेरा हाथ पकड़ा और सहारा देता हुआ मुझे मेडिकल रूम ले गया। वहाँ जाकर वह मेडिकल सुपरवाईजर से बोला– 'मैम ये लड़की गिर गई थी तो मैं यहाँ ले आया।' और मुझे बैंच पर सहारा देकर बिठा दिया। उस समय उसका भोलापन न जाने कहाँ छुप गया था? उसका गोरा चेहरा गुस्से से लाल व नाक के नथुने फूले हुऐ थे। वह मुझे बैठाकर सीधे बाहर को जाने लगा। मैने उसे धन्यवाद कहने को आवाज भी दी पर उसने अनसुना किया और चला गया। उसके बाद से मेरी हिम्मत कभी नही हुई उससे बात करने की। मैं जब भी उसको देखती ऐसा महसूस होता जैसे वह खुद से ही नाराज सा रहता और अब तो मुझे ऐसा भी महसूस होने लगा था जैसे उसकी नाराजगी का कारण मैं हूं। कहीं वो मुझे मदद करते–करते परेशान तो नही होने लग गया? एक पल ऐसा सोचती तो फिर दूसरे पल सोचती मैं थोड़े ही मदद मांगती हूं। वो तो हालात ही ऐसे बन जाते है जब भी मैं कोई परेशानी में होती हूं सामने से ये मदद के लिये आ जाता है। मैंने मन मे ठान ली कि मैं जहाँ तक हो सके समीर के सामने नही आऊँगी। अब मैंने क्लास में सबसे

पहले पहुँचना शुरू कर कर दिया। जब भी समीर को देखती रास्ता बदल लेती। कभी सामने पड़ भी जाता तो नजरें घुमा लेती। दिन ऐसे ही बीतते गये और परीक्षा फल का दिन भी आ गया। सभी विद्यार्थी दीवार पर लगे बोर्ड में परीक्षा पल देखने के लिये भीड़ लगाकर खड़े थे। मैं और मेरी सहेलियाँ आगे जाने से घबरा रही थी। तभी भीड़ को चीरते हुऐ समीर निकला। उसे देखते ही मैने मुँह घुमा लिया। वो सीधा मेरी दोस्त अलका के पास आकर बोला– 'बधाई तुम सब पास हो गई हो। इसमें सबके नाम और रोल नम्बर है। ये कहकर एक कागज उसे थमा दिया।'

अलका ने पूछा– 'और तुम?'

तो वो मुस्कुरा दिया। तभी पीछे से उसका दोस्त विनय बोला, 'टॉप किया है इसने, पार्टी लो इससे।' मुझसे रहा न गया और मैंने जल्दी से बधाई बोल दिया। उसने मुझे ऐसे देखा जैसे कई दिनों से मुझसे कोई शिकायत हो और थोड़ी देर को स्थिर होकर मुझे देखता रहा। मैं झिझक सी रही थी। वो मुस्कुराया और बोला धन्यवाद और आगे बढ़ गया। आज पहली बार उसने मेरी बात का जवाब दिया था। मुझे अच्छा लगा। अब मुझे उससे छुपने की जरूरत नही थी। छुट्टियों के बाद कॉलेज का पहला दिन सभी लोग बहुत उत्साहित थे। हमारे सभी विषयों के प्रोफेसर बहुत अच्छे थे। खासकर अंग्रेजी के उस दिन हमारा एक नोवल रोमियो और जूलियट चल रहा था। तभी सर ने बताया कि स्टेट लेवल का एक ड्रामा काम्पटीशन है और हमारा कॉलेज भी उसमें भाग लेगा और सर ने रोमियो जूलियट पर प्ले तैयार करने को बोला। जिसमें क्लास के बच्चों को भाग लेना था। समीर को रोमियो के किरदार के लिये चुन लिया गया था। अब बारी थी जूलियट व अन्य किरदारों की। जूलियट के किरदार के लिये सबने मेरा नाम प्रस्तावित किया और मैं घबरा गई एक्टिग मेरे बस की बात नही थी। मैने सर को मना कर दिया। फिर क्लास की ही एक लड़की जूलियट के पात्र के लिये चुन ली गई। 20 दिन तक नाटक मे भाग लेने वाले सभी बच्चे क्लास पढ़ने नहीं आये। वो नाटक की प्रेक्टिस मे चले जाते थे। जल्दी ही कम्पटीशन का दिन भी आ गया। शहर के एक प्रसिद्ध ओडिटोरियम में वह ड्रामा कम्पटीशन था जिसमे हर कोई नही जा सकता था। वहाँ जाने के पास लग रहे थे। मेरा और मेरी सहेलियों का बहुत मन था वहाँ जाने का। पर कैसे जाते? तभी एक लड़का जो हमारी क्लास का था और प्ले में भी था पाँच पास लेकर मेरे पास आया और बोला ये आप लोगों के लिये है। हम पाँच ही दोस्त थी। मुझे समझते देर न लगी ये समीर ने भेजे है। कम्पटीशन चार बजे से था

और हमारे कॉलेज का दूसरे नम्बर पर प्ले था। हम लोग ने पौने चार बजे कम्पटीशन हॉल के बाहर मिलने का तय किया और अपने–अपने घर तैयार होने व घर से माता–पिता की इजाजत लेने चले गये क्योंकि कॉलेज का प्रोग्राम था तो सभी को इजाजत मिल गई। 4 बजे हम सब हॉल में दूसरी नम्बर की सीट मे बैठ गये। कुछ औपचारिकताओं के बाद नाटक शुरू हो गये। पहला राजा हरीशचंद्र, फिर रोमियो जूलियट शुरू हुआ। पूरब–पश्चिम संस्कृति के नाटक तो दिखाई दे रहे थे पर जो दिखाई नही दे रहा था वह था समीर। हम सब आश्चर्यचकित रह गये जब समीर की जगह कोई और लड़का रोमियो का पात्र निभाता दिखा। बहुत सारे प्रश्न मेरे मन मे आते गये। फिर समीर क्लास में क्यों नही आया? इतने दिनों से कहाँ है वह आदि–आदि? मेरी सोच के साथ नाटक कब खत्म हुआ मुझे पता ही नहीं चला। तालियों की गूँज से मेरा ध्यान स्टेज पर गया जहाँ प्ले के डायरेक्टर के रूप में समीर को स्टेज पर बुलाया गया और मुझे समझते देर न लगी कि पूरा प्ले समीर ने तैयार करवाया था पर उसने रोमियो का पात्र क्यों नही किया? प्रश्न अब भी वहीं का वहीं था। उस के बाद हम वहाँ नही बैठे और अपने–अपने घर आ गये। यह प्रश्न हम सभी दोस्तों की रास्ते का चर्चा का विषय बना रहा। अगले दिन छुट्टी थी। सोमवार को जब हम सब कॉलेज मे मिले तो मेरी नजर समीर पर गई। सब उसे बधाई दे रहे थे। हमारा कॉलेज प्रथम आया था। मैं भी समीर के पास गई और उसे बधाई दी उसकी आँखे चमक उठी। जैसे ही मैने उसे बधाई दी उसने खुशी से मेरा हाथ पकड़ लिया उसे इतना खुश देखकर मुझे अच्छा लगा। पहली बार हम दोनो ने थोड़ी देर बात की।

मैने बोला– 'तुम्हें नोट्स चाहिये होंगे मैं दे दूँगी।' उसने ठीक है बोला। कुछ कॉलेज की बातों के बातों–बातों में मैंने पूछ लिया कि तुमने रोमियो का पात्र क्यों नहीं किया?

वह मुस्कुराने लगा फिर बोला– 'तुम जूलियट बनती तब कर लेता।' मैंने हंसी मे बात टाली और अच्छा बाय कहकर आगे बढ़ने लगी। समीर ने बाय बोला साथ ही बोला, 'तुम आज बहुत सुन्दर लग रही हो नीलम।' मैं सोच रही थी इसे क्या हो गया हैं आज। फिर अकसर हम लोग बात कर लेते थे। कभी–कभी सब के साथ कैन्टीन भी जाते। इसी बीच मेरी शादी की बातें चलने लगी और एक डॉक्टर से मेरा रिश्ता तय हो गया। दिन बीतते गये फाईनल पेपर भी आ गये। पेपर शुरू होने के दो दिन पहले अंग्रेजी के सर ने हर विद्यार्थी से उसका लक्ष्य पूछा। समीर ने बताया था उसका लक्ष्य

आई. ए. एस. की परीक्षा उत्तीर्ण करना है। सब ने कुछ–न–कुछ बताया। जब मेरी बारी आई तो मैं कुछ बोल ही नहीं पाई। तभी मेरी सहेली अलका बोल गई सर इसकी तो शादी तय हो गई है। मुझे बड़ा अजीब लगा। सभी ने मुझे बधाई दी केवल समीर को छोड़कर और उस दिन के बाद वो कॉलेज में दिखा भी नहीं। शायद हमारे परीक्षा कक्ष, रोल न0, के कारण अलग–अलग थे, इसलिये नहीं दिखा मैं यहीं सोचती रही।

परीक्षा का आखिरी दिन था। परीक्षा खत्म करके जैसे ही मैं बाहर आई समीर सामने खड़ा था बहुत कमजोर लग रहा था वह। हल्की सी दाढ़ी बडी हुई थी।

मैं ही पास गई और पूछा– 'तबीयत खराब है क्या तुम्हारी?'

वह बोला– 'चलो तुमने पूछा तो सही वरना हमको कौन पूछता है।'

मैंने बोला– 'ऐसी बुझी सी बातें क्यों कर रहे हो?'

उसने तुरंत पूछा– 'क्या तुम्हारी शादी वाकई में तय हो गई है।'

मैंने हाँ मे सर हिलाया। फिर उसने एक पैन का डिब्बा जो अच्छे से पैक किया हुआ था मेरे हाथ मे यह कहते हुऐ दे दिया कि 'कभी मेरी याद आये तो पत्र लिखना मैं कल सुबह अपने घर जा रहा हूं।'

मैं बोली– 'तुम शादी मे नही आओगे।'

उसने स्पष्ट न कहा। मैं कुछ नहीं कह पाई। फिर मैंने बोला– 'मेरे पास तो कुछ भी नहीं है तुम्हें देने के लिये।'

वह कुछ पल मुझे देखता रहा फिर बोला– 'दे सकती हो तो मुझे अपने ''आँचल का एक धागा'' दे दो जो मुझे तुम्हारे पवित्र प्रेम की याद दिलायेगा। इस धागे मे मुझे तुम्हारा यही कुँवारा रूप दिखाई देगा। आज जब तुम्हारा आँचल बिलकुल अनछुआ और पवित्र है। क्या आज इस धागे के रूप मे मुझे अपना पवित्र प्रेम दे सकती हो।'

मैं सन्न थी उसका प्रेम देखकर। प्रेम तो मैं भी करने लगी थी उससे मगर परिवार व समाज के आगे विवश थी। मेरी और उसकी दोनो की आँखे नम थी। धीरे–धीरे मेरी अंगुलियाँ आँचल का धागा खींचने लगी उसे देने के लिये। आज समीर के दिये पैन से जब मैंने यह कहानी लिखी तो मेरा मन किया पत्र न सही काश वो मेरी यह कहानी ही पढ़ पाता।

घर

आज गायत्री की खुशी का ठिकाना नही था। खुशी के मारे एक काम करती तो एक भूल जाती। पंडित जी के आने का समय हो चुका था। वह पूजा की सभी सामग्री एकत्रित व व्यवस्थित करने मे लगी थी। क्यों न करती सब कुछ खुशी–खुशी वो। न जाने कब से आज के दिन का इंतजार था उसे। तंग आ चुकी थी वह किराये का घर बदल–बदल कर और आज उसका सपना पूरा हुआ था। आज वो अपने मकान मे गृह प्रवेश की पूजा कराने जा रही थी। वह दौड़ कर विनय के पास गई, विनय गायत्री का इकलौता बेटा था।

गायत्री– 'पंडित जी से बोला था न तूने पूजा के लिये।'

विनय– 'हाँ माँ वह आ जायेंगे। तुमको भी परेशान होने की आदत सी हो गई है। अभी वक्त है 10 बजे आयेंगे वो। तुम थोड़ा आराम कर लो तब तक।'

गायत्री– 'अच्छा ठीक है तू मेहमानों का ख्याल रखना। जैसे ही कोई आये मुझे उठा देना और हाँ तेरे पापा पंडित के लिये कुर्ता–पजामा लेने गये है। वो आये तो तू भी देख लेना। मैंने तो बोला सूट दे दो खुशी का मौका है, पर उन्हें तो मेरी कोई बात सुननी ही नही होती। अब तू पजामा–कुर्ता देख लेना कपड़ा अच्छा हो। वरना पंडित जी गुस्सा होकर पूजा ठीक नही करेंगे। फिर झेलो अशान्ति।'

विनय– 'पर माँ पंडित सूट कहाँ पहनते है? उन्हे तो सिर्फ धोती–कुर्ता और पजामा ही पहनना पड़ता है।'

'हाँ ये भी सही कही तूने। चल फिर मैं सो जाती हूं।'

विनय– 'ठीक है सो जाओ। उसे माँ की तबीयत की चिन्ता हो रही थी।'

माँ जब भी ज्यादा परेशान होती है बीमार पड़ जाती है। ब्लड प्रेशर बढ़ जाता हैं। एक मिनट बाद कमरे से गायत्री ने विनय को फिर आवाज लगाई। विनय अगर मेरी आँख लग गई तो मुझे जगा देना बेटा।

विनय चिढ़ते हुऐ– 'हाँ बोला न। अब सो जाओ।'

अपने में ही बड़बड़ाई बोली– 'ये लोग मुझसे सीधे मुँह बात ही नहीं करते

समझ नही आता क्या करूँ इन लोगो का?'

बिस्तर मे लेटकर नींद तो आई नहीं कुछ पुरानी बातें याद आने लगी उसे। नई–नई शादी हुई थी उसकी। जब सुहागरात वाले दिन सुरेश ने उसे बताया कि यह घर किराये का है तो उसका दिल टूट गया था। बचपन से ही उसे अपने घर की इच्छा थी। पिता का मकान भी किराये का था। जिस वर्ष उसका विवाह हुआ उसी वर्ष पिता ने अपना मकान बनाया। घर प्रवेश व गायत्री के विवाह का कार्यक्रम लगभग एक साथ ही हो गया। पहले गृह प्रवेश की पूजा और दो दिन बाद गायत्री का विवाह। नये घर में उसके रहने का सपना धरा का धरा ही रह गया। पिताजी ने व घरवालों ने सुरेश का मकान न होने की बात गायत्री को बताई ही नहीं। जल्दीबाजी मे लड़का देखा, खुद निर्णय लिया और चट मँगनी पट ब्याह कर दिया। बहुत दिनों तक गायत्री को इस बात का सदमा लगा रहा। शादी के तीन माह बाद गायत्री जब गर्भवती हुई तो उन्हे घर बदलना पड़ा। सुरेश ने आकर बताया मकान मालिक खुद अगले महीने उसके घर मे रहने आ रहा है इसलिये घर खाली करना पड़ेगा। और उस बदलाव में गायत्री ने अपना गर्भ खो दिया। कितना फूट–फूट कर रोई थी वह उस दिन।

सुरेश व उसकी माँ, गायत्री की सास ने, बहुत समझाया पर वह अंदर तक टूट गई थी। फिर दो साल तक कोई औलाद न हुई। उसकी कितनी दवाइयाँ कराई पर कोई फायदा न हुआ। अब तो सास भी ताने देने लग गई थी। गायत्री बहुत परेशान हो गई। कई बातें भूलने लगी, हर समय खोई रहती। इस बीच वह फिर एक घर बदल चुके थे। नये घर मे आकर कुछ माहौल बदला और गायत्री फिर एक बार माँ बनी। बडी कठिनाइयों के बाद विनय सीजेरियन से पैदा हुआ। सास के ताने बन्द हो गये। सब कुछ ठीक चल रहा था कि नन्हा विनय बहुत बीमार हो गया। क्या–क्या न किया सुरेश गायत्री ने उसके लिये। नन्हें से बच्चे को आई. सी. यू. में एक माह रखा गया। गायत्री को भी अस्पताल मे ही रहना पड़ा। उसका शरीर भी कमजोर हो गया। अभी–अभी तो जच्चा बनी थी। एक माह बाद जब जच्चा–बच्चा दोनो घर लौटे तो गायत्री बहुत कमजोर हो गई थी, शारीरिक व मानसिक दोनों तरह से। जब विनय 4 वर्ष का था तो उसकी दादी स्वर्ग सिधार गई। उसके ही कुछ वक्त बाद सुरेश का तबादला हो गया था और वह बनारस चला गया। कुछ समय गायत्री को अकेले रहना पड़ा। मकान मालिक रोज मौका देखते ही बहाने बना–बनाकर बात करने चला आता था। गायत्री को उससे बात करना बिलकुल न भाता। उसका बिना काम के गायत्री से बात करना

गायत्री को बहुत खलता था। पर क्या करती, बड़ों से बद्तमीजी करना उसके संस्कारों मे नही था और हद तो उस दिन हो गई, जब एक दिन मकान मालिक ने गायत्री का हाथ पकड़ लिया और उससे प्रेम का इजहार कर दिया। क्रोध से भर गई थी वह। जाने क्या–क्या न सुनाया था उसने मकान मालिक को। जिसके कारण मकान मालिक ने अगले महीने ही मकान खाली करने को बोल दिया। कितना परेशान हो गई थी वो। बहुत सोचने के बाद उसने सुरेश को फोन कर सब बातें बता दी। सुरेश आग बबूला हो उठा था और दूसरे ही दिन आने की सोचने लगा। जिससे मकान मालिक को सबक सिखा सके। पर गायत्री ने उसे समझाया और आने को मना किया और जो भी पहली छुट्टी मिले उसमें आकर उन दोनो को वहाँ से ले जाने को कहा। सुरेश उन्हें जल्दी से जल्दी वहाँ से ले गया। उसके बाद से कितने ही घर बदलने पड़े। विनय की पढाई फिर नौकरी, विनय की नौकरी को दो साल पूरे होने जा रहे थे। मकान का सपना संजोये गायत्री का दिमाग भी समय के साथ–साथ ठीक से काम नही करता। कभी तो बहुत बोलती, कभी गुम सी रहती। उम्र के साथ साथ बीमारियाँ भी बढ़ती चली गई दिल की बीमारी, ब्लेड प्रेशर, थायराईड, जोड़ो का दर्द क्या नही था उसे। बहुत परेशान रही थी वह किराये के घरों में। मगर अब वो चैन से रहेगी अपने घर में। यहीं सोचते हुवे।

अचानक विनय की आवाज आई और वह अतीत के द्वार से बाहर आई। माँ आ जाओ पंडित जी आ गये है। बस इसी क्षण का तो इन्तजार था गायत्री को। वह जल्दी से उठकर बाहर चली गई। पूजा पाठ मेहमान नवाजी बड़े चाव से सब निभाया। आज उसका बरसों पुराना सपना जो पूरा हो गया था। सुरेश, विनय और गायत्री तीनों ही बहुत समय के बाद खुश थे। हालाँकि सुरेश का स्वभाव भी समय के साथ बहुत चिड़चिड़ा हो गया था। हम लोग औरत की पीड़ा तो बडी सरलता से समझ लेते है। लेकिन पुरुषों की मनोदशा को कभी गम्भीरता से नहीं लेते। सुरेश एक मेहनती, अपने किरदार में वफादार, हमेशा बच्चे बीबी की ख्वाहिशों की पूर्ति में लगे, अपनी खुशियाँ सिर्फ परिवार में व परिवार के सदस्यों के हंसते चेहरे में ढूँढने वाले व्यक्ति थे। और जब इतनी मेहनत के बावजूद भी उन्हें पूर्णतया खुश नही कर पा रहे थे, तो वह जैसे खुद से ही नाराज से रहने लगे। गायत्री उन्हें रोज बातें सुनाती, अपनी परेशानियाँ बताती और वो चुप रहते। वो समझते थे कि गायत्री ने बहुत सहा है इसलिये ही चुप रहते। लेकिन आज वह गायत्री के लिये बहुत खुश थे। गायत्री के इस सपने को

साकार करने के लिये उन्होंने भी पूरी जिन्दगी संघर्ष किया था। इसलिये सब कुछ गायत्री के मन मुताबिक किया कुछ लोन भी लिया घर मे नया सामान व सजावट करवाने को और आज रोज जैसी फीकी नही उन सबकी सच्ची मुस्कान होंठों पर थी। पंडित जी ने हवन पूजा कर गृह प्रवेश की पूजा विधिपूर्वक व्रत सम्पन्न की। दोपहर 3 बजे तक सब काम हो गये। मेहमान व पड़ौसी खाना खाकर चले गये थे तब गायत्री और सुरेश सभी काम से मुक्त होकर आराम करने के लिये अपने कमरे मे चले गये। विनय अपने कमरे में कुछ काम में लग गया।

गायत्री बोली– 'अपने घर मे जो सुकून है वह कहीं नहीं है सुरेश जी।'

सुरेश बोले– 'सच कह रही हो तुम। काश मैं तुम्हें यह घर पहले दे पाता मगर छोटी सी नौकरी और आर्थिक तंगी के कारण यह नही हो पाया। यकीन मानों मै तुम्हारी पीड़ा से कभी अंजान न था।'

गायत्री बोली– 'छोड़ो शायद मेरी किस्मत मे ही चैन से रहना नहीं लिखा था। मैं समझती हूं अगर तुमसे संभव होता तो तुम कभी भी मुझे किसी अभाव में नही रहने देते। मैं हमेशा तुमसे लड़ती रहती हूं, क्या करूँ तुम्हारे और विनय के सिवा मेरा है ही कौन? मेरी जिन्दगी तो बस तुम दोनो के इर्द गिर्द ही घूमती है। विनय की नौकरी को सिर्फ 2 साल हुए है। उससे कुछ कह नही सकती फिर बच्चों से हम वो बातें नही कह सकते जो अपने हमसफर से कर सकते है। पर अब से मैं तुमसे कोई शिकायत नही करूँगी वादा करती हूं। मेरी एक ही इच्छा थी जो आज पूरी हो गई।'

दोनो बातें करते–करते सो गये। दो घंटे बाद विनय चाय लेकर आया और बोला माँ पापा उठो सुरेश उठ कर चाय पीने लगे। उन्होनें गायत्री को भी आवाज लगाई, गायित्री उठ जाओ संध्या हो गई है। मगर गायत्री नहीं उठी उन्होंने फिर आवाज दी वह नही उठी। सुरेश ने उसे झकझोर दिया वह नही उठी। एक अनहोनी के डर से वह चीखें। विनय, विनय देख तेरी माँ को क्या हो गया। विनय भागता हुआ आया। उसने माँ को गले से लगा लिया। क्या हुआ माँ उठो उठो माँ माँ। गायत्री और माँ वह दोनों कहते रह गये मगर वह नही उठी। अपने घर में चैन की नींद सोती रही। जैसे इसी चैन की नींद का इंतजार था उसे।

अंतिम समय में उसके चेहरे पर वो मुस्कान और शान्ति थी जो उसके जीवन काल मे कभी उसके चेहरे पर नही दिखी।

मुक्ति

मैं सेठ, किशोरी लाल बाबू। बड़ी लम्बी बीमारी के बाद आज सुबह 5 बजे मेरा देहान्त हो गया। अपने परिवार के मोहपाश में पूर्ण रूप से डूबे होने के कारण मेरे प्राण शरीर त्यागने को तैयार ही नहीं थे। बड़े कष्टों के बाद आज इस बीमार शरीर से मुक्ति मिली। मगर ये क्या मेरी आत्मा की मुक्ति क्यों नहीं हुई। मेरी आत्मा इस घर में मेरे शरीर के पास ही बैठी है। मुझे अपनी मेहनत से बनाए इस घर से इतना मोह है कि मैं यहाँ से जाना ही नहीं चाहता। मेरे पास ही मेरे बच्चे, मेरी पत्नी, सभी रिश्तेदार, पड़ौसी नौकर आदि बैठे है। मेरा शरीर ड्राईंग रूम मे जमीन पर रखा है। ड्राईग रूम का सारा सामान बाहर आँगन मे पड़ा है। मेरी पत्नी बच्चे जोर–जोर से रो रहे है।

मैं कितना बेबस हूं इन लोगों को रोता देख रहा हूं। मैं एक–एक करके सबके पास जाकर कुछ देर उनके पास बैठ कर आता हूं। ये सोचकर मेरी आत्मा सबसे पहले अपने वफादार नौकर के पास जाकर बैठी। बेचारा दहाड़ मार–मार कर रो रहा था। बार–बार बोल रहा था बाबूजी मुझे छोड़कर क्यों चले गये। अब मैं क्या करूँगा आपके बिना। मुझे बहुत बुरा लग रहा था उसे देखकर। मगर ये क्या मेरी आत्मा तो नई तकनीक की निकली, वो तो सबकी मन की बातें भी सुन सकती है।

मुझे मेरे नौकर की मन की बातें भी सुनाई दे रही थी। वो मन ही मन में सोच रहा था– 'अच्छे आदमी थे बेचारे, मुझे कितनी बार पैसों से मदद करते थे। मगर मुझे भी तो उनके कई काम करने पड़ते थे। कभी शौच के लिये ले जाओ, कभी कपड़े पहनाओ, कभी नहलाओ, चलो मुक्ति मिली मुझे इन कामों से। मगर अब मुझे पैसे कौन दिया करेगा? बीमार भी तो बहुत थे बाबूजी, चलो मुक्ति मिल गई इन्हे भी और मुझे भी। अब इनके बेटों की जी हजूरी करनी पड़ेगी। पैसा कमाने का जुगाड़ करना ही पड़ेगा।'

मैं थोड़ा झिझकता हुआ अपने बड़े बेटे की ओर बड़ा और उसके पास बैठकर सोचने लगा वो तो नौकर था, ये तो मेरा खून है। मेरा बेटा सुबक–सुबक कर रो रहा था। वह मुँह से कुछ नहीं बोल रहा था। मगर मन मे वो यह सोच रहा था कि– 'कल तक तो भले चंगे थे। अचानक क्या हो गया होगा? कहीं कोई दवाई गलत तो नहीं खा ली होगी। स्वयं चिकित्सा का भी तो शौक था बाबूजी को। इतनी सर्दी के दिन है सब

कार्य कैसे होंगे। अब बड़ा बेटा होने के नाते सारी रस्म भी तो मुझको ही निभानी पडेंगी। कुछ दिन और बच जाते गर्मियों तक, मुंडन करके ठंड भी अधिक लग रही है। ऑफिस से छुट्टी भी लेनी पड़ेगी। इस समय ही सबसे ज्यादा काम था। सभी रिश्तेदारों के रहने खाने का इन्तजाम आदि सब देखना पड़ेगा। वैसे तो इतने बीमार रहते थे बेचारे, एक कमरे मे ही पड़े रहते थे पैसा भी इतना लग रहा था बीमारी में पर वो स्वस्थ होने का नाम ही नहीं ले रहे थे। उनको तो मुक्ति ही मिल गई पर अब सब जिम्मेदारियाँ मेरे पर आ गई है। छोटे को तो माँ कोई जिम्मेदारी देती भी नहीं है। न ही उसे जिम्मेदारियाँ निभानी आती हैं।'

उसकी बातें सुनकर मेरी आत्मा भी परेशान होने लगी मैं धीरे से उठकर दूसरे पुत्र के पास ज़ा बैठा। मैंने सोचा चलो इस की जिम्मेदारियाँ तो कम है मेरा लाड़ला था वो छोटा बेटा जो है। वो सोच रहा था– 'पिताजी की मृत्यु नहीं होनी चाहिये थी। यह सब क्या हो गया? अभी दो माह पहले ही बाबूजी ने मेरा विवाह तय कराया था। कितने खुश थे बेचारे उस दिन। माँ ने तो शादी की सारी तैयारियाँ भी कर ली थी, बाबूजी बीमार थे तो क्या हुआ कम से कम साथ थे हमारे तो घर का माहौल तो अच्छा था। मुझे रोज अपने कमरे में जरूर बुलाते थे बेचारे, मगर पता नहीं बाबूजी ने वसीयत लिखी भी होगी कि नहीं। बड़े भइया तो सब कुछ खुद ही ले लेंगे और मेरे विवाह की तारीख भी आगे बढ़वानी पड़ेगी। कुछ समय तक तो शीतल से मिल भी नहीं सकता। मुंडन करके कैसे मिलूँगा? ऐसा ही होना था तो कम से कम मेरी शादी तो हो जाती। मगर बाबूजी बीमार भी तो लम्बे समय से थे उनको तो मुक्ति ही मिल गई। लेकिन सबसे ज्यादा परेशानी तो मेरे लिये ही हो गई। न जाने शीतल से कितने दिन और दूर रहना पड़ेगा।'

यह सुनकर मैं डरते–डरते अपनी बेटी के पास जाकर बैठ गया। जो सोच रही थी– 'बाबूजी मुझे छोड़कर क्यों चले गये? कितने चाव से मेरा विवाह किया था। बाबूजी ने कितना कुछ दिया था और जब भी मैं मायके आती थी बाबूजी कितनी चीजें व सगुन भिजवाते थे सबके लिये। पिताजी का एक अलग ही प्रभाव पड़ता था। ससुराल में भी सभी में मेरी इज्जत थी। अब इन भाईयो से तो मुझे कोई उम्मीद नहीं। खैर माँ तो इन दोनो से अधिक मुझे ही स्नेह करती है। आगे भी कमी नहीं करेगी मुझे विश्वास हैं। माँ भी कितनी सेवा करती थी बेचारी। अब अकेले कैसे रहेगी? मगर उसका भी तो वृद्ध शरीर है कितनी सेवा करती बेचारी चलो पिताजी के साथ–साथ उसे भी सेवा से मुक्ति मिली। मुझे माँ के पास आते रहना पड़ेगा, नहीं तो माँ का

जेवर–धन आदि कहीं भाभी न ले ले। माँ भी तो एकदम से खुश हो जाती है कहीं खुद ही न बांट दे सब कुछ इन लोगों को।'

मै विचलित होकर बहू के पास बैठ गया। जिसे मेरी मृत्यु का तो दुख था मगर अपनी जिम्मेदारियों से वह भी परेशान थी। वह सोच रही थी– 'बाबूजी बेचारे तो मर गये समझो तर गये। लेकिन रसोई मे इतने लोगों के भोजन की व्यवस्था करते–करते तो मेरी हालत खराब हो गई। बार–बार कोई न कोई शोक जताने के लिये आ रहा है। इतने बार चाय बनानी पड़ती है। अभी तो ऐसे कई दिन चलेगा। कोई मदद भी नहीं कर रहा। ननदियां भी माँ से ही चिपकी है। एक नौकर और एक मैं कितना काम करूँ? बाबूजी मुझे भी अपने पास बुला लीजिये। कम से कम इस जंजाल से मुक्ति तो मिले। आप को तो मुक्ति मिल गई मुझे न जाने कब मुक्ति मिलेगी।'

मेरी आत्मा दुखी होकर सोच रही थी, 'ये सब परेशान मेरे लिये है या खुद के लिये।' अब किसी के पास जाने का साहस नहीं कर पा रहा था मैं परन्तु अपनी प्यारी पत्नी। जिसके साथ मैने इतने साल गुजारे। उसके मन की बात जानने की इच्छा ने मुझे उसकी तरफ बढ़ने को मजबूर कर दिया। मैं अपनी पत्नी के पास बड़े दुखी मन से गया और उसकी मन की बातें सुनने लगा। वो सोच रही थी– 'क्या करूँगी मैं अब तुम्हारे बिन। इतने साल साथ गुजार दिये कभी कोई शिकायत नहीं की तुमसे। दिन बुरे भी आये भले भी आये मगर तुम साथ थे तो सब आसान था अब इस बुढ़ापे में किसके सहारे रहूँगी मैं। कितने अच्छे दिन बिताये हमने काश तुम्हें कोई बीमारी नहीं होती। सब अपने–अपने जीवन मे व्यस्त हो जायेंगे मैं कैसे रहूँगी तुम्हारे बिन? मेरी बात कौन सुनेगा? मैं मानती हूं तुम बिस्तर पर लेटे रहते थे, मेरे काम भी बढ़ गये थे। रात–रात तुम्हारे साथ जागने, तुम्हारे कामों को करने की आदत हो गई थी मुझे। तुम थे तो मेरा श्रृंगार था, बिन बिंदिया बिना श्रृंगार अब कैसा सूना सा जीवन हो जायेगा। कौन सुनेगा मेरी? बीमारी भी तो एसी लगी बिस्तर ही पकड़ा दिया। तुम भी तो बहुत परेशान थे बीमारी से, हम सब तो अपनी सोच रहे है लेकिन मैं जानती हूं तुम बहुत तकलीफ में थे। काश कि तुम ठीक हो जाते। मगर ऐसा नही हुआ, तुम्हें तो मुक्ति मिल गई लेकिन मुझे न जाने कब मिलेगी। जब तक हूं धन की आवश्यकता तो होगी। पता नहीं वसीयत मेरे नाम की या किसी और के नाम कर गये हो। कुछ बताया भी नहीं कभी, ये आदत बड़ी गन्दी थी इनकी। कभी जमीन जायदाद के विषय मे कुछ नहीं बताते थे। अगर जायदाद किसी और के नाम कर दी तो मुझे उसी का आश्रित होना

पड़ेगा। बुढ़ापे में ये दिन भी देखने पड़ेंगे।

मैं सोचने लगा मेरी पत्नी को भी मुझसे ज्यादा धन की ही आवश्यकता है। हम सबने धन को भगवान बना दिया है या आज का भगवान धन ही हो चुका है। आज के समाज में हर कोई धन के पीछे भाग रहा है। मेरे बिन तो यह रह सकते है पर धन के बगैर नहीं। शायद आज की दुनिया का सत्य ही यही है पैसा है तो सब कुछ है वरना कुछ नही। इलाज से लेकर भोजन तक सब कुछ धन की बदौलत है धन के आगे इन्सान का कोई महत्व नहीं बचा। फिर मैं तो बीमार था इन सब पर बोझ ही था। आज प्रेम सिर्फ पैसों तक ही रह गया हैं। जन्म लेने से मृत्यु तक धन का महत्व है और अब तो मृत्यु के पश्चात् भी क्योंकि सबको खुश करना है तो मृत्यु के पश्चात् उनके लिये धन जायदाद छोड़ना जरूरी है जिससे वह हमेशा तुम्हें स्मरण करते रहे। मेरी आत्मा ने एक थकी सी आह ली। मैं अब और यहाँ इस दुनिया मे नहीं रहना चाहता था तभी मेरी आत्मा परमात्मा से मिलने को चल पड़ी और मुझे इस संसार से मुक्ति मिल गई।

अंधविश्वास

अस्पताल में भर्ती अपनी 17 वर्ष की पुत्री आरुषी को देखकर रमेश की आँखे नम हो गई। अपनी बेवकूफी की वजह से सिवा पछताने के आज उसके पास कुछ नही रह गया था। रात को अस्पताल में आई. सी. यू. कमरे के बाहर एक लम्बी बैंच पर लेटे हुये रमेश की आँखे कब उसका तकिया भिगा गई, उसे पता ही नही चला। रात को पेशेन्ट के साथ एक व्यक्ति को रुकने की इजाजत मिली थी। रमेश ऑफिस के बाद घर जाकर खाना खाकर अस्पताल आ जाता था, आरुषि की देखभाल के लिये। आई. सी. यू. के सामने वाली बैंच पर वह एक तकिया चादर लेकर लेट जाता था पर नींद कहाँ आती थी, एक हफ्ते से यही चल रहा था। लेटे–लेटे देर तक वह खुद को कोसा करता और कब उसे नींद आ जाती उसे पता ही नहीं चलता। आज भी उसका वही हाल था। आरुषि की हालत दिन–ब–दिन बिगड़ रही थी। आज डाक्टर ने उसे बोला था कि बच्ची की हालत मे कोई सुधार नही हो रहा। वही बात दिमाग मे घर कर गई थी। उसे दो साल पुरानी वह बात याद आ रही थी जब वह दो साल पहले अपनी पत्नी सुमन के साथ पहली बार उस सत्संग में गया। सुमन शुरू से ही बडी धार्मिक रही। पड़ौस में कहीं भी कीर्तन भजन होता वह सबसे पहले कीर्तन–भजन के लिये बुलाई जाती। तीन बच्चे थे उन दोनो के। बहुत प्यार से परवरिश करी दोनों ने उनकी। बच्चे जब बड़े होने लगे तो उनकी सलामती व सुखद भविष्य के लिये सुमन और ज्यादा धार्मिक प्रवृति की होती गई। अब तो पड़ौस की एक सहेली के साथ सत्संग में भी जाने लगी। कुछ दिनों बाद जब वह वही पड़ौसन के साथ लौटी तो साथ में एक बाबा की तस्वीर भी लेकर आई थी। रमेश के पूछने पर उसने बताया– 'बाबा जी का नाम रविन्द्र है। बाबा जी ने कई बीमार लोगों को ठीक कर दिया कई लोगो के दुख दूर कर दिये।'

रमेश ने सुमन को समझाया– 'देखो तुम पूजा–पाठ करो मुझे कोई परेशानी नही, पर ये बांबा–वाबा के चक्कर मे मत पड़ो। कल से वहाँ मत जाना।'

मगर अंधविश्वास का मतलब ही यही है आँखे बन्द कर विश्वास कर लेना। सुमन अब छुप–छुप कर सत्संग में जाने लगी। वहाँ होते चमत्कारों से वह इतनी प्रभावित थी कि वह एक–दो बार दिन में अपने बच्चों को जिनमें सबसे बड़ा शुभम,

दूसरा अरुण व आरुषि जो सबसे छोटी थी, तीनों को सत्संग व बाबा से आशीर्वाद दिलवाने ले जा चुकी थी। जब यह बात रमेश को पता चली तो वह बहुत गुस्सा हुआ। उस दिन उसने बोला– 'तुम्हें जहाँ जाना है जाओ, पर मेरे बच्चों को कोई बाबा के वहाँ नहीं ले जाओगी तुम।'

समय बीतता रहा। आरुषि के हाईस्कूल बोर्ड की परीक्षा थी। सुमन, उसके पेपर अच्छे से हो, यह सोचकर आरुषि को परीक्षा से पहले बाबा के पास ले गई। बाबा ने उसे आशीर्वाद में एक फल दिया व सुमन को बोला **85%** से **86%** तक नम्बर आयेंगे और आरुषि का माथा चूमकर बोला– 'जा बच्ची हमेशा खुश रह।'

जब रमेश को पता चला तो वह गुस्सा हुआ। तो आरुषि बोली बाबाजी ने बोला है **85%** मार्क्स आयेंगे, देखते है। बाबाजी कितने सच्चे है। पेपर हुये, रिजल्ट आया तो वाकई **85%** नम्बर से पास हुई थी आरुषि। यह देखकर सुमन तो बाबा जी की तस्वीर की आरती उतारने लग गई। कोमल मन वाली आरुषि भी बाबा से प्रभावित हुऐ बिना न रह पाई। आखिर परवरिश तो धार्मिक व संकीर्ण माहौल में ही हुई थी उसकी।

रमेश बोला– 'कभी–कभी तुक्का लग जाता है। इससे बाबा अंतरयामी नहीं हो जाता।'

अगले दिन फल मिठाई लेकर सुमन आरुषि के साथ आश्रम पहुँच गई। बाबा के पैरों मे गिरकर बोली– 'आप महान हो। जितने प्रतिशत नम्बर आपने बोले उतने ही आये हैं इसके, धन्य है आप।'

बाबा ने उसे उठाया बोला– 'यह तो निश्चित था।'

सुमन बोली– 'आरुषि बाबा के चरण स्पर्श करो।'

आरुषि ने श्रद्धा से पाँव छुये। बाबा ने उसे गले से लगा लिया व उसकी पीठ थपथपाने लगा। फिर उसके गालों पर हाथ फेरते हुये बोला– 'आती रहना बेटी।'

आरुषि के लिये वह स्पर्श असहज था किन्तु उसे यही लगा कि वह उसे एक छोटी बच्ची की भाँति मान रहे है। उसे लगा कितना स्नेह करते है यह बच्चों से। कुछ दिनों बाद शुभम बीमार हो गया। ज्वर उतरने का नाम ही नही ले रहा था। रमेश उसे अस्पताल ले गया। डॉ. ने उसे एक हफ्ते की दवाई दी। मगर एक हफ्ते बाद भी शुभम की हालत मे जब कोई सुधार नही हुआ तो सुमन ने रमेश से कहा– 'बाबाजी के पास

ले जाते है। वह अपने आश्रम मे आयुर्वेदिक दवाइयाँ देते है। चलो दिखा आते है।'

पहले तो रमेश नही माना पर फिर बच्चे की हालत देखकर उसने हाँ बोल दिया। दोनो शुभम को लेकर बाबा के आश्रम में पहुँचे। बाबा ने उसे कुछ जड़ी–बूटी देकर आराम करने को बोला। तीन दिन में शुभम ठीक हो गया। आज तो घर का माहौल ही बदला था। पूरा परिवार साथ में बाबा की पूजा कर रहा था। हम इन्सानों की यही फितरत होती है जब कभी जीवन की किसी परिस्थिति मे हमारी हिम्मत टूटने लगती है तो हम ऐसे विकल्प ढूँढने लगते है जो सरल होते है। और यही बात का फायदा कुछ स्वार्थी लोग उठा ले जाते है। काश इन्सान ऐसी अवस्था मे खुद पर भरोसा करे व ऐसी स्थिति में भी इन्सान की परख करना न छोड़े तथा अंधविश्वास से बचना सीख जाये तो काफी हद तक वो हादसों का शिकार होने से बच सकता है। पर ऐसा होता कहाँ है। इन्सान ऐसी परिस्थितियों मे अक्सर टूट जाता है और यहीं तो हुआ था रमेश के साथ। और बस वही से उसकी मन की कमजोरी ने उसे बाबा का इतना बड़ा भक्त बना दिया कि उसे हर काम के लिये बाबा का सहारा व आशीर्वाद चाहिये होता था।

समय इसी तरह अंधविश्वास के साथ–साथ बीतता गया। आरुषि के इन्टर बोर्ड की परीक्षा का समय भी निकट आ गया। माँ ने फिर से बाबा के पास जाकर आशीर्वाद लेने की रट लगा रखी थी। आरुषि को स्कूल व ट्युशन से फुरसत नही मिल पा रही थी। आश्रम स्कूल जाने के रास्ते मे होने के कारण माँ ने कहा– 'तुम्हें समय नही मिल रहा तो स्कूल से लौटते वक्त आश्रम होते आना। बस आशीर्वाद ही तो लेना है।

'जी माँ।' कहकर आरुषि निकल गई थी। बहुत मेहनत कर रही थी वो अच्छे नम्बर लाने को। क्या जरूरत थी उसे किसी के आशीर्वाद की? मेहनत तो खुद में सबसे बड़ा आशीर्वाद है। मेहनत से क्या नही हो सकता फिर इंसान अपनी मेहनत का श्रेय किसी को इतनी आसानी से कैसे दे देता है? शायद यह भी हम भारतीयों को अपने संस्कारों में मिल जाता है। आरुषि का भी यही हाल था। मेहनत तो वह स्वयं कर रही थी किन्तु इसका श्रेय बाबा जी को देती थी। उसे लगता था यह सब बाबा के आशीर्वाद से हो रहा है। स्कूल से लौटते हुये कुछ पल को वह भूल गई थी, माँ ने कहा था बाबा के आश्रम जाने को। सहसा उसकी नजर उस सड़क पर गई जो आश्रम को जाती थी और उसे माँ की बात याद आ गयी। उसने अपनी सहेलियों से कहा– 'मुझे कहीं जाना है तुम लोग चलो मैं थोड़ी देर मे आती हूं।' और वह आश्रम को जाने वाली सड़क को

चल दी।

सत्संग खत्म हो गया था सभी लोग जा चुके थे। बाबा भी उठकर जाने को था। तभी आरुषि पर बाबा की नजर पड़ी। वह बोला– 'अरे तू यहाँ क्या कर रही है? तेरी माँ तो चली गई।'

आरुषि ने चरण स्पर्श किये और बोली– 'मेरी 12वीं की बोर्ड परीक्षा होने वाली है। माँ ने बोला है आपका आशीर्वाद ले लूं। अभी स्कूल से ही आ रही हूं। आप मुझे आशीर्वाद दे। जिससे मैं अच्छे नम्बरों से पास होऊं।

बाबा ने उसके सर पर हाथ फेरा और बोला– 'आ तुझे स्मरण शक्ति बढ़ाने का एक नग देता हूं। इसे अपने तकिया के नीचे रखकर सोना सब याद रहेगा। आ मेरे पीछे।'

आरुषि सोचने लगी ऐसा कोई नग होता होगा क्या? अपने कमरे मे ले जाकर उसने एक अपने चेले को कुछ इशारा किया और कमरे मे चला गया। झिझकते हुये आरुषि भी पीछे चली गई पर उसे थोड़ा डर जरूर लग रहा था। आज तक उसने आश्रम का यह हिस्सा नही देखा था। उसे सब अजीब लग रहा था। भय तो उसके मन मे था किन्तु आस्था के दलदल मे जिस तरह उसका परिवार और वह स्वयं फँस गई थी, उस समय उसके मस्तिष्क द्वारा सचेत किये जाने के बावजूद उसने मस्तिष्क की बात को नकार दिया।

बाबा उसकी ओर मुड़ा और बोला– 'देखो स्वयं को मुझे समर्पित कर दो और आराम से घर चली जाओ किसी को कुछ पता नही चलेगा।'

आरुषि समझ नही पा रही थी कि वो सही सुन रही है या गलत। वह बहुत डर गई। इससे पहले कि वह कुछ सोच पाती बाबा ने उसे अपनी ओर खींचा। आरुषि जैसे किसी सपने से जाग गई। आज उसे बाबा का असली रूप दिखाई दिया। पर अब क्या करे? वह उसके हाथ पैर काँपने लग गये। उसने जोर से बाबा को धक्का मारा और दरवाजे की तरफ भागी। मगर दरवाजा बाहर से बन्द था शायद यही करने के लिये बाबा ने अपने चेले को इशारा किया था। उसने जोर–जोर से दरवाजा पीटना शुरू कर दिया पर दरवाजा नही खुला। तभी बाबा ने उसे दबोच लिया जैसे बिल्ली किसी चिड़िया को दबोच लेती है। उसकी चीखें कमरे मे गूँज रही थी पर सुनने वाला कोई नहीं था और कमरे के बाहर जो सुन भी रहे होगें तो वो मदद करने वाले नहीं, मजे

लेने वालों मे से थे। कैसी दुनियाँ है यह, चंद रूपयों के लिये अपना जमीर को बेच देते है। कोई मदद को नहीं आया। बाबा के दिये चंद सिक्कों से वहाँ सबका ईमान बिक चुका था। काश इनमें से किसी का जमीर जाग जाता और वह उस मासूम की इज्जत लुटने से बचा पता। मगर ऐसा कुछ नही हुआ। मासूम आरुषि छटपटाती रही और वह वहशी जानवर अपनी हवस निकालता रहा और जब वह पूर्ण सन्तुष्ट हो गया तो उठ खड़ा हुआ और आरुषि से बोला– 'खुद को सुव्यवस्थित करो और अपने घर जाओ और अगर किसी को भी यह सब बताया तो तेरे घर का एक भी सदस्य जीवित नही मिलेगा। तूने मेरी शक्ति तो देख ही ली है।' और एक अलमारी खोलकर बंदूक तानकर बोला– 'सबसे पहले तेरे पिता को ही मारूँगा।'

'नहीं।' कहकर चीख पड़ी थी मासूम। डर कर थर–थर काँपने लगी बेचारी। आखों से आँसू लगातार बह रहे थे। धीरे–धीरे सहारा लेकर खड़ी हुई वह। कपड़ों पर लगे रक्त के धब्बे उस पर हुई बेरहमी की कहानी साफ बता रहे थे।

अचानक वह अरूषि की तरफ मुड़ा और बोला– 'अब से रोज स्कूल के बाद आश्रम होकर जाना और नही आई तो समझ लेना।' यह कहकर वह कमरे से बाहर निकल गया।

आरुषि धीरे–धीरे बाथरुम को गई। अपने कपड़ों के दाग धोये व खुद को व्यवस्थित कर दर्द सहते हुऐ, थके कदमों से कब आश्रम से बाहर आई, उसे खुद भी नही पता चला। बदहवास सी हो गई थी वो। होश तो तब आया जब उसने घर के दरवाजे पर माँ को देखा जो कह रही थी– 'कहाँ रह गई थी? कितनी देर लगा दी। आजकल जमाना इतना खराब है। कितनी घबराहट हो रही थी मुझे।'

काश इस माँ ने जमाने में उस बाबा को भी रखा होता तो कम से कम अपनी बेटी को कई बार बाबा के द्वारा गलत नीयत से छुये जाना तो पहचान पाती। मगर उसने तो उसे ईश्वर बना दिया था। कभी–कभी इन्सान बुद्धिहीनता की हद पार कर देता है, जीते जागते इंसान को भगवान का दर्जा देकर। बहुत अच्छा इंसान भी सिर्फ महापुरूष हो सकता है मगर भगवान नही हो सकता। मगर सुमन जैसे लोगों को समझाना नामुमकिन होता है। आरुषि अपने कमरे में गई। बहुत देर तक सारी बातें सोचती रही। घृणा से मन भर गया। उसके सारे शरीर में, मन में पीड़ा ही पीड़ा थी। फिर उसे बाबा की वही बात याद आने लगी जिसमे उसने उसे पुनः बुलाया था। घिन आ रही थी उसे उस बाबा से। काश कि घर पर वह कह पाती। मगर कौन मानेगा।

कहीं मेरे माता–पिता मुझसे नफरत न करने लगे? कैसे कहूँ कहीं? कही पिताजी को न मार दे वह राक्षस। मगर उस जानवर के पास पुनः जाना कभी स्वीकार न था उसे। क्या करे? कहाँ छुपे? हजारों प्रश्न के बीच एक ही हल दिखाई दिया उसे। उसने बैग से कॉपी निकाली और लिखने लगी।

माँ संध्या पूजा कर रही थी कि अचानक रौशनी देखकर आरुषि के कमरे की तरफ भागी। अरूषि को जलते देखकर माँ जोर–जोर से चिल्लाने लगी। तभी शुभम भागा आया। इससे पहले कि कोई कुछ सोचता, समझता शुभम ने तुरंत एक मोटा कम्बल लेकर आरुषि पर डाल दिया और हाथ से थपकियाँ मार–मार कर आग बुझाने लग गया। सबके दिलों में आग लगा कर वह आग तो थोड़ी देर मे बुझ गई। मगर आरुषि बुरी तरह जल चुकी थी। शुभम ने तुरंत पिता को फोन किया व आरुषि को अस्पताल मे भर्ती कराया। किसी पड़ौसी ने पुलिस मे रिपोर्ट करा दी थी। पुलिस ने जब घर की तलाशी ली तो आरुषि के द्वारा लिखा हुआ तीन पन्नों का खत मिला।

जिसमें बाबा की सारी बातें लिखी थी और अपने साथ हुये बलात्कार और बाबा द्वारा मिली धमकी का खुलासा किया गया था। रमेश, सुमन व घर–परिवार के सभी लोग यह बात जानकर आश्चर्यचकित थे। असलियत जानकर सभी में बहुत क्रोध था। धीरे–धीरे बात आग की तरह सारे शहर मे फैल गई। लोगों में रोष जगह–जगह दिखाई देने लगा। बात मीडिया तक पहुँच गई। पुलिस पर बाबा को गिरफ्तार करने का दबाव बड़ा। बाबा अपने आश्रम में एक गुप्त रास्ते से भागने की तैयारी में था कि तभी पुलिस ने उसे घेर लिया। शहर मे जगह जगह बाबा के खिलाफ प्रदर्शन हो रहे थे। लोगों को कोई भी घटना होने के बाद ही क्यों होश आता है। काश कि लोग पहले ही ऐसे बाबाओं व व्यक्तियों को परखने की पारखी नजर रखे तो कुछ हादसों से बच सकते है। अस्पताल की बेंच पर लेटे–लेटे क्या–क्या सोचता रहता। रमेश काश उसने कभी सुमन की बात न सुनी होती, काश आरूषि को वो रास्ता देखकर बाबा के वहाँ जाना याद न आता। कभी खुद पर कभी सुमन पर गुस्सा आता। फिर सुमन की याद आती तो सोचता वह तो जीती–जागती लाश बन गई है। कभी उस बाबा का कत्ल कर देने का दिल करता तो कभी फिर खुद को ही कोसने लगता, क्यों वो इस अंधविश्वास में फँसा। आज रात उसे नींद ही नही आ रही थी।

सुबह के चार बजे जैसे ही उसे हल्की सी आँख लगी, नर्स ने उसके कंधे को हिलाते हुऐ बोली– 'उठो तुम्हारी बेटी नही बची।' वह एक झटके से उठा नर्स ने

दोबारा कहा– 'तुम्हारी बेटी खत्म हो गई। आई एम सारी।'

खत्म तो सब कुछ हो गया था। एक मासूम का जीवन, उसके सपने, उसकी जिन्दगी के लिये देखे माँ–बाप के सपने, एक पिता की सबसे प्यारी औलाद, एक माँ के बेटी के लिये अरमान, भाईयों की राखी, वो लड़कपन। हाँ एक चीज और खत्म हुई थी आज, मगर एक बहुत बडी कुर्बानी के साथ और वह था अंधविश्वास।

प्रिया

संजय सोफे पर बैठा ना जाने कितनी देर से प्रिया के ख्यालों में डूबा था। प्रिया को घर से निकले 30 मिनट हो चुके थे। प्रिया की बनाई चाय मेज पर ठण्डी हो चुकी थी। उस पर मलाई जम गई थी। मगर संजय के ख्यालों से प्रिया निकल ही नही पा रही थी। एक स्त्री परिवार के लिये क्या नहीं करती है। स्त्री है? तभी तो प्यार मुहब्बत रिश्ते जैसे शब्द जीवित है। रिश्तों की डोर स्त्री के हाथ मे ही होती है। वो चाहे तो सभी रिश्तों को प्यार की डोर मे पिरो ले, वो न चाहे तो सब रिश्ते बिखर जाये। कोई भी गृहणी चाहे तो घर को स्वर्ग बना दे न चाहे तो नर्क। कितना भाग्यशाली है वो उसे प्रिया सी पत्नी मिली हैं। विवाह को 10 साल हो गये थे। आज भी वो उतनी ही सुन्दर दिखती है। और व्यवहार तो इतना अच्छा कि जो भी उससे बात करता हैं उसकी तारीफ किये बिना नहीं रह पाता। बहुत ही सुन्दर व सुशील है प्रिया। प्रिया को काम करना, कुछ न कुछ पढ़ते रहना, साथ ही घर की साफ सफाई करना बहुत पसंद है। घर के साथ–साथ आफिस में भी सब उसके काम की सब तारीफ करते है। और बॉस तो उसे जीनियस कहकर बुलाते हैं। नौकरी के साथ घर का पूरा ख्याल रखती, दो बच्चों की देखभाल करती। संजय को उसके रहते कभी घर की चिन्ता नहीं करनी पड़ी। संजय एक बड़ी कम्पनी मे मैनेजर हैं। उसे अपने काम से फुरसत नहीं मिलती। साथ ही वो खुद हर काम के लिये प्रिया पर ही आश्रित रहता है। छोटी से छोटी चीजों के लिए प्रिया को आवाज लगाता और प्रिया फौरन हाजिर हो जाती। प्रिया ने इतने सालों मे संजय के सभी रिश्तेदारों व माता–पिता के दिल मे जगह बना ली थी। और आज वो परिवार की ठीक से देखभाल के लिये एक बड़ा कदम उठाने जा रही थी। आज वो अपनी 12 साल की नौकरी से इस्तीफा देने जा रही थी, जो वो शादी से पहले से कर रही थी। संजय को उसके लिये दुख तो था साथ ही प्रिया पर गर्व भी था। दरअसल अभी तक संजय के माता–पिता गाँव में रहते थे व कभी–कभी मिलने आते थे और प्रिया उनकी देखभाल जी जान से करती थी। कभी जरूरत पड़ने पर ऑफिस से छुट्टी भी कर लेती थीं। पर वो कुछ दिन की बात थी। एक दिन वो दोनो गाँव से हमेशा के लिये उनके साथ रहने आ गये। क्योंकि संजय के पिता अक्सर बीमार रहने लगे थे। गाँव मे स्वास्थ्य सुविधा बेहतर न होने के कारण संजय ने उन्हें हमेशा के लिये अपने

पास बुला लिया। प्रिया को प्रमोशन मिलने से उसका आफिस में काम बढ़ गया। अब प्रिया घर पर समय कम दे पाती थी। संजय के घर पहुंचने के एक घंटे बाद प्रिया पहुंचती फिर सब काम करती। घर के सदस्य बढ़ने से प्रिया के घर के काम भी बढ़ गये। वो पूरी कोशिश करती कि सब की उम्मीदों पर खरी उतरे मगर फिर भी कुछ न कुछ कमी रह जाती। जो परिवार के किसी सदस्यों द्वारा उसे जताई नहीं जाती थी पर प्रिया ये बात हमेशा महसूस करती थी। दरअसल ऑफिस टाईमिंगस के कारण उसे बहुत परेशानी होने लग गई थी। साथ ही ऑफिस का काम भी बढ़ गया। प्रिया अपने काम के प्रति बहुत समर्पित थी जिसके कारण बॉस को उससे उम्मीदें भी अधिक थी। प्रिया जैसे तैसे घर और ऑफिस में सन्तुलन बनाने की कोशिश कर रही थी। मगर शाम होने तक वो थक के चूर हो जाती थी। आफिस टाइम बढ़ने से बच्चों को डे–बोर्डिग में डालना पड़ा। संजय की माता बोली, 'बच्चों को डे–बोर्डिग में क्यों रखते हो, मैं देख लूँगी बच्चों को।'

पर प्रिया बोली– 'मम्मी आप क्या–क्या करोगी पापा की तबीयत भी खराब है। उनको देखना ज्यादा जरूरी है। फिर बच्चे आप को तंग करेंगे, आप पापा का ठीक से ध्यान नही रख पायेंगी।'

संजय क्योंकि बहुत बड़ी कम्पनी में मैनेजर था। उसे बहुत अच्छा वेतन भी मिलता था। प्रिया की भी अच्छी नौकरी थी। संजय के पिता को भी पेन्शन मिलती थी। पर प्रिया ने संजय से कहा था कि पापा से कभी कोई पैसे नहीं ले व उनकी सभी दवाई व जरूरतों का ध्यान रखे। संजय को तो समय मिलता नहीं था। प्रिया ही इन सब बातों का ध्यान रखती थी। जैसे तैसे सब ठीक चल रहा था कि एक दिन संजय के पिता को दिल का दौरा पड़ गया। रात का समय था तुरंत संजय ने गाड़ी निकाली और पास के अस्पताल में पिता को ले गया। उन्हें दो दिन अस्पताल में देखभाल के लिये रखा। डॉ ने डिस्चार्ज देते वक्त सख्त हिदायत दी कि इन्हें देखभाल की बहुत जरूरत है। इन्हें टेंशन न हो, हर वक्त इनके साथ कोई साथ में जरूर रहे। प्रिया और संजय रात में अपने कमरे में बातें कर रहे थे।

संजय बोला– 'अच्छा हुआ ये सब शाम को हुआ हम सब घर पर ही थे। अगर दिन मे ये सब होता तो क्या होता? माँ क्या करती? उन्हें तो यहाँ के रास्ते भी नहीं पता।

प्रिया बोली– 'आप सही कह रहे है। क्यों न हम दिनभर के लिये कोई

कामवाली या नौकर रख ले जिससे मम्मी–पापा व बच्चों की देखभाल हो जाये।'

संजय बोला– 'नहीं प्रिया, नौकर घरवालों की तरह देखभाल नहीं कर सकते मैं इसके सख्त खिलाफ हूं। मेरे माता–पिता इतने लाचार नहीं।'

प्रिया बोली– 'तो कोई नर्स इससे पापा की देखभाल तो अच्छी हो जायेगी।'

संजय ज्यादा परेशान था और उस समय उसने प्रिया को बड़े अजीब नजरों से देखा जैसे कि कह रहा हो यह सब तुम्हारा काम हैं। प्रिया ने फिर कुछ नहीं कहा दोनो सो गये। मगर प्रिया को नींद नहीं आई, काफी देर तक वो सोचती रही।

अगले दिन प्रिया सुबह जल्दी उठी। चाय नाश्ता बनाया टिफिन लगाते समय शान्ता (कामवाली बाई) आ गई। उसने झाड़ू बर्तन किये। रोज की तरह यहाँ–वहाँ की बातें करते हुये काम कर रही थी। प्रिया को उसकी बातें पसंद नही आ रही थी। अचानक प्रिया जोर से बोली– 'शान्ता तुम चुपचाप काम नहीं कर सकती। सारा ध्यान इधर–उधर की बातों में लगाती हो काम भी ठीक से नहीं करती।'

शान्ता को बुरा लग गया, बोली– 'मेमसाहब आज पहली बार आपने ऐसे बोला है या तो मेरा दिन खराब है या आपका मन। आज तक किसी ने मुझसे ऐसा नहीं कहा।'

संजय पेपर पड़ते हुये उनकी बातें सुन रहा था। प्रिया बोली– 'अच्छा बाबा काम करो। देर हो रही है। शान्ता फिर कुछ नहीं बोली। प्रिया ने बच्चों को तैयार कर उनका टिफिन बैग मे रखा, बच्चों को ब्रेकफास्ट दिया और खुद तैयार होने चली गई। 15 मिनट में तैयार होकर उसने संजय से कहा– 'तुम्हारा टिफिन पैक कर दिया है, नाश्ता टेबल पर है कर लेना। मै बच्चों को स्कूल छोड़कर ऑफिस निकल जाऊँगी। आज आफिस मे बहुत काम है लेट हो जाऊँगी। आज एक विदेशी कम्पनी से कुछ लोग इंस्पैक्शन के लिये आ रहे है ये डील हो गई तो हमारी कम्पनी इन्टरनैशनल लेवल में भी आ जायेगी।'

जाने से पहले वो रोज की तरह सास–ससुर के कमरे मे गई बोली– 'मम्मी नाश्ता टेबल पर लगा दिया है। पापा को दवाई टाइम पर दे दीजियेगा। मैं थोड़ा लेट हो जाऊँगी।

'अच्छा बेटा।' कहकर सास पूजा घर मे चली गई।

प्रिया ने बच्चों को स्कूल बस स्टॉप पर छोड़ा और टैक्सी लेकर ऑफिस

पहुँची। उसका प्रोजेक्ट पूरा तैयार नहीं था। विदेशी क्लायन्ट के सामने उसे ही प्रेजेन्टेशन देनी थी। ऑफिस पहुँचकर उसने देखा बॉस अपने कैबिन में परेशान टहल रहे है। सभी कलीग अपने काम मे बिजी थे। ऐसा लग रहा था कि सभी को बॉस की डांट पड़ चुकी थी। प्रिया ने जल्दी से बॉस का काँच का ट्रान्सपरेंट दरवाजा खोला और गुड मार्निंग सर बोला।

प्रिया कमरे मे गई तो बॉस बोले– 'कितनी देर मे आ रही हो प्रेजेन्टेशन तैयार है तुम्हारी?

'जी बस थोड़ा काम बाकी है।'

'क्या 30 मिनट में वो लोग पहुँच जायेंगे और तुम्हारी प्रेजेन्टेशन तैयार नहीं। कब देखूँगा मैं कब वो लोग? तुम दिन–ब–दिन लापरवाह होती जा रही हो। अब क्या होगा?'

प्रिया बोली– 'सर आप टैंशन न ले मैं संभाल लूँगी।' यह कहकर वो अपने कैबिन मे चली गई।

थोड़ी देर बाद वो लोग आ गये। उन्हे कांफ्रेंस रूम में बैठाया गया। चाय नाश्ते का इन्तजाम किया फिर सभी महत्वपूर्ण कर्मचारियों को बुलाया गया। इंट्रोडक्सन हुआ और प्रिया ने कम्पनी को बहुत अच्छे से रिप्रेजेंट किया। कम्पनी को प्रोजेक्ट भी मिल गया। परन्तु सर की डाँट से प्रिया का मन बहुत दुखी था। सबके जाने के बाद बॉस ने प्रिया को बोला– 'क्या बात है? तुम आज कल परेशान दिख रही हो। तुम एक होनहार एंप्लॉय हो, आपने काम में ईमानदार लड़की हो। मैं तुम्हें बेटी सा मानता हूं। आज तक तुमसे कोई शिकायत नहीं रही। तुम समझदार हो, इसलिए बोल रहा हूं। मैं नहीं चाहता तुम्हारे व्यक्तिगत जीवन का असर तुम्हारे काम पर हो।' सजल नेत्रों से वो जमीन को देखते हुऐ 'जी सर' कहकर सर झुकाकर चली गई।

अपने कमरे मे आकर वो बहुत रोई। तभी पियोन रमेश ने दरवाजे पर दस्तक दी। 'चाय प्रिया दीदी।' प्रिया ने खुद को संभाला बोली– 'आ जाओ।'

चाय पीते–पीते काम मे इतना बिजी हुई कि लंच करना भी भूल गई। शाम को ऑफिस से घर जाते हुये उसने घर का कुछ सामान खरीदा। घर पहुँची तो देखा बच्चे पढ़ रहे थे, माँ सब्जी काट रही थी। वो अपने कमरे मे गई। फटाफट हाथ मुँह धोकर चेंज किया व किचन में आकर चाय बनाने लगी। संजय टी. वी. पर न्यूज चैनल

देख रहा था। सबको चाय देकर वो खुद किचन में काम करते–करते चाय पीने लगी।

रात के खाने के बाद किचन की सफाई करके जब प्रिया अपने कमरे मे आई तो संजय ने उसके मुरझाये चेहरे को देखा। उसके गले मे हाथ डालते हुऐ बोला– 'बहुत थक जाती हो न तुम आजकल। ऐसे कैसे काम चलेगा। मुझे फिक्र है कहीं तुम बीमार न हो जाओ।'

प्रिया बोली– 'ठीक कह रहे हो मेरी वजह से सब परेशान हो मैं नहीं चाहती। ऑफिस का बढ़ता काम और घर पर सब परेशान।' अचानक वो बोली– 'संजय मैं नौकरी छोड़ रही हूं।'

संजय को अचानक उससे इन शब्दों की उससे उम्मीद न थी। वह बोला– 'क्या बोल रही हो तुम?'

'सही बोल रही हूं संजय। मैंने बहुत सोचने के बाद ये फैसला लिया है। घर पर सबको मेरी जरूरत है। ऑफिस का क्या है मेरी जगह कोई और आ जायेगा। मैं मानती हूं कि घर पर रहना मेरे लिये इतना आसान नहीं होगा पर दोनो जगह समन्वय नहीं हो पा रहा है। ऑफिस में बॉस नाराज घर पर सब की अपेक्षाएँ जिन पर मैं खरी नहीं उतर रही। मन ही मन ये बातें मुझे खाये जा रही है।'

संजय फिर कुछ नहीं बोला उसने उस समय बात करना ठीक नहीं समझा। दोनो सोने को लेट गये पर दोनो के दिलो में हलचल थी। दूसरे दिन सुबह प्रिया ने रोज की तरह अपने सब काम किये और ऑफिस को निकल गई।

माँ की आवाज से अचानक संजय का ध्यान भंग हुआ उसे याद आया कि प्रिया को गये 30 मिनट हो गये। आज वो इस्तीफा देने वाली है। संजय ने सोचा क्या प्रिया अब बिना काम किये रह पायेगी, क्या परिवार की खातिर मैं प्रिया के टेलैन्ट की अनदेखी नहीं कर रहा। ये वही प्रिया है जिसने तब नौकरी करी थी जब संजय उसकी जिन्दगी में भी नही आया था और शुरू के संजय के संघर्ष के दिनों में प्रिया ने ही घर खर्च चलाया या क्या परिवार की देखभाल सिर्फ प्रिया का फर्ज है। क्या मेरा, मेरे माता–पिता व बच्चों के लिये कोई फर्ज नहीं। फिर प्रिया को ही क्यों नौकरी का त्याग करना पड़ेगा? क्या त्याग सिर्फ स्त्री को ही करना चाहिये? नहीं, मुझे प्रिया की खुशी के लिए कुछ करना पड़ेगा। नहीं तो वो टूट जायेगी इतनी पुरानी नौकरी है उसकी, सब उसका सम्मान करते है। परिवार की तरह हो गया है उसके ऑफिस का माहौल।

कैसे रह पायेगी वो उन सबके बिना। माता–पिता बच्चे मेरे भी है। मैं क्यों आदर्श नारी का ठप्पा लगाकर सब कुछ उस पर सौप दूं। उसे भी अपनी खुशी से जीने का हक है। नही मुझे अपनी आदते बदलनी पड़ेगी घर के कामों में सहयोग करना होगा। उसने बहुत किया हमारी खुशी के लिए अब मेरी बारी है। विदेशों मे भी तो पति–पत्नी दोनो काम करते है चाहे वो घर के या बाहर के हो। हम सब को अपने काम खुद करने चाहिए। अगर हम स्वस्थ है तो घर के काम करने से कोई मर्द छोटा नही हो सकता बल्कि परिवार मे उसका कद व सम्मान बढेगा। मैं कभी अपनी प्रिया की खुशी नही छीन सकता। उसे पता था काम करना प्रिया के जीवन का उद्देश्य है। वो कुछ कहती नहीं तो क्या मैं उसको समझता तो हूं। उसको नौकरी नही छोड़नी पड़ेगी। संजय ने फोन उठाया और प्रिया का नम्बर मिलाया।

प्रिया रास्ते में थी, बोली– 'हाँ संजय बोलो।'

संजय बोला– 'प्रिया तुम्हें इस्तीफा देने की कोई जरूरत नहीं। मैं इतना स्वार्थी नहीं बच्चे और माँ पिता मेरी भी जिम्मेदारी है। अब से मैं पूरी कोशिश करूँगा, मैं भी घर मे टाइम दूँगा। मैं तुम्हारा उदास चेहरा नहीं देख सकता, तुम मुस्कुराते हुये ही अच्छी लगती हो। मैं जानता हूं कुछ कमिया मेरी तरफ से रही है जिनकी शिकायत तुमने कभी नहीं की। मैं बहुत खुशकिस्मत हूं तुम मेरी जीवनसंगिनी हो। तुम बस मुझे एक मौका दो मैं सब ठीक कर दूँगा।'

प्रिया की आँखे भर गई। 'ठीक है, तुम परेशान मत हो शाम को मिलते है।' कहकर प्रिया ने फोन काट दिया। शाम को जब वो घर पहुँची तो उसने देखा संजय एप्रेन पहनकर किचन मे कुछ बना रहा था। पास मे माँ खड़ी उसकी मदद कर रही थी। प्रिया को बहुत अजीब लगा। शर्मिंदगी उसके चेहरे में साफ दिख रही थी। तभी माँ बोली– 'बेटी संकोच मत करो वैसे भी हम सब खाली बैठे रहते है आज से तुम्हारे पापा की देखभाल के लिए एक नर्स भी रख ली है। जल्दी वो भी ठीक हो जायेंगे और ये भी तो आकर बैठ–बैठे टी. वी. देखता है। तो थोड़ा काम कर लेगा। वैसे भी तुम हमारे साथ बैठ भी नही पाती। मैने तुम दोनों में कभी भेद भाव नहीं किया। तुम मेरी बेटी हो तो इतना तो करने दो मुझे।'

प्रिया माँ के गले से लग गयी। उसकी आंखे नम हो गई पर दिल से बोझ उतर गया। संजय उसे प्यार भरी नजरों से ऐसे निहार रहा था जैसे उसे अभी–अभी प्रिया से प्यार हुआ हो।

जाग उठा भगवान

अमृत राय बनारस के बहुत जाने माने रईस थे। हर कोई उन्हें जानता था, रिक्शे वाला हो या टैक्सी वाला सभी अमृत राय से परिचित थे। वह अपनी अमीरी से इतने नहीं जाने जाते थे जितना उनके जीवन में हुई घटनाओं व अपने कड़क व गम्भीर स्वभाव के कारण प्रसिद्ध थे। लोग उनके किस्से बड़े चाव से सुनते–सुनाते जिनमें से कई किससे बड़े मशहूर थे। जैसे कि एक किस्सा यह था कि जब वह 14 वर्ष के थे तो उन्होंने पहला शिकार किया था वह भी शेर का। तब वो अपने ननिहाल मे रहते थे। जब वो बड़े हुए कॉलेज की पढाई के लिये उन्हें विदेश भेजा गया तो वहाँ उनकी एक अंग्रेज विद्यार्थी के साथ रंगभेद की टिप्पणी के कारण लड़ाई हो गई। वो भारतीय लोगों व भारत को गालियाँ दे रहा था। उन्होंने उसे उसकी इस हरकत करारा जवाब तो दे दिया था पर उसके बाद उनका वहाँ मन नही लगा और वह पढ़ाई पूरी किये बिना ही अपने देश वापस आ गये। यहाँ आकर बनारस हिन्दू विश्वविद्यालय से पढ़ाई पूरी करी। कॉलेज के युवा नेता अध्यक्ष भी रहे, कोई भी गलत बात उनको बर्दाश्त नही होती थी। कहीं भी कुछ गलत होता देखते तो तुरंत इंसाफ दिलाने को तैयार हो जाते। खानदानी रईस थे पर अपनी माँ से बहुत प्रभावित थे। वो माँ की हर आज्ञा का पालन करते थे। पिता की मृत्यु के पश्चात माँ के कारण पिता का बिजनेस संभाल तो लिया पर मन नहीं लगता था बिजनेस में। तभी उनकी जिन्दगी मे कुछ ऐसे बुरे दोस्तों व चापलूस लोगों ने आगमन किया जो अक्सर किसी भी अमीर व्यक्ति से दोस्ती कर उसके पैसों पर ऐश करना अपनी खूबी मानते है। अमृत राय भी ऐसे लोगों से बच नहीं पाये। उनके साथ शराब पीना, मुजरा देखने जाना व नाचने वाली औरतों पर पैसा लुटाना अमृत राय ने भी सीख लिया। साथ ही अमृत की उन लोगों जैसी ही मानसिकता भी बनती जा रही थी। हर चीज को पैसों से खरीद लेने की जिद चाहे वो किसी इंसान का ईमान हो या इज्जत।

कहा जाता था कि उन दिनों अमृत राय हर वक्त नशे मे रहते थे। रात देर से घर आते, कभी नहीं भी आते। अकसर घर के नौकर उन्हें रात में बनारस की गलियों में ढूँढते मिल जाते। बिजनेस जब घाटे में जाने लगा तो माँ दुर्गा राय, जो एक पढ़ी–लिखी व समझदार स्त्री थी, ने बेटे की ऐसी हालत देख खुद बिजनेस संभालने

की सोची। वो खुद ऑफिस जाने लगी और बिजनेस संभालने लगी और बहुत ही जल्दी उनको अमृत राय को नुकसान पहुँचाने वाले उन सब गद्दारों का पता भी चल गया जो दोस्त की खाल में भेड़िये की तरह उसे नुकसान पहुँचा रहे थे। उन्होंने एक–एक करके उन सभी को कम्पनी से निकाल दिया। अमृत राय ने माँ के इस फैसले का विरोध भी किया मगर वो किसी को दुनिया में अगर चाहते थे तो वो थी सिर्फ उनकी माँ। माँ के साथ बात की तो माँ की बातें सब सही सी लगने लगी।

माँ थके शब्दों में बोली– 'तुम मेरे इकलौते बच्चे हो मैं तुम्हारा बुरा नहीं देख सकती। यह सब तुम्हारा फायदा उठा रहे है क्या तुम्हें दिखाई नही देता। तुम कितने बदल गये हो।'

अमृत की सबसे बड़ी कमजोरी यह थी कि उनके निर्णय लेने की क्षमता बहुत कम थी। वो बहुत शीघ्र दूसरों की बातों मे आ जाते थे, बिना सोचे–समझे निर्णय कर लेते, इस बात को माँ अच्छी तरह जानती थी। माँ ने उनको अपनी बातों से व उसके दुश्मन रूपी दोस्तों से अलग कर हर वक्त उस पर नजर रखना शुरू कर दिया, साथ ही उसे विवाह के लिये भी राजी कर लिया। विवाह के लिये उन्हे तो माँ ने तैयार कर लिया पर समस्या ये थी कि कोई भी अच्छे घर के लोग उनसे रिश्ता नहीं करना चाहते थे। क्योंकि उनकी बुरी आदतें शहर के लोगों से छुपी न थी। दो माह तक प्रयास के बाद भी जब कोई बात न बनी तो माँ ने एक अनाथ लड़की से उनका रिश्ता तय कर दिया। क्योंकि माँ को सिर्फ एक ऐसी लड़की चाहिये थी जो रूप और गुण मे अद्‌भुत हो, जिससे अमृत फिर से नगरवधुओ के पास न जाये। धन का या ऊँचे घराने का उन्हें कोई लोभ न था क्योंकि धन की कमी उनको थी नहीं। यह लड़की अनाथ आश्रम में पली–बढ़ी, बहुत ही नेक, गुणी, भगवान पर अटूट विश्वास करने वाली थी, यहाँ तक वेदों व शास्त्रों का ज्ञान भी रखती थी। साथ ही रूप लावण्य की धनी, गौर वर्ण बड़ी–बड़ी आँखे, सुन्दर नाक नक्श। कोई भी देखकर आकर्षित हो सकता था। माँ को अमृत के लिये इससे अच्छी लड़की नहीं मिल सकती थी और जब अमृत ने कुसुम को पहली बार देखा तो देखता ही रह गये। उन्होनें माँ को धीरे से बोला, 'माँ आपकी पसंद तो बहुत अच्छी है, मुझे लड़की पसंद है।' माँ तो यही सुनना चाहती थी अगले दिन से ही विवाह की तैयारियाँ शुरू हो गई। पूरी हवेली को फूलों से सजा दिया गया। अमृत भी बहुत खुश थे। वह अपनी कमियों को जानते थे। उन्हें कुसुम के गुण भी पता थे। हवेली व हवेली के बाहर सभी तरफ चहल–पहल थी। विवाह का दिन भी आ गया।

अनाथ आश्रम के मुखिया कुसुम को अपनी पोती समान मानते थे सो उन्होंने परिवार सहित कन्यादान की सारी विधियाँ निभाई। विदाई के समय उन्होंने अमृत को बुलाकर कहा, 'मेरी कुसुम की आँखो मे कभी दुख के कारण आँसू नहीं आने चाहिये। हाँ खुशी के होंगे तो प्रसन्नता होगी। अगर कभी ऐसा हुआ तो मैं अपनी पोती को आजीवन पालने में समर्थ हूं, ये याद रखियेगा अमृत बाबू।' ये कहकर ठहाका लगाकर हँसने लगे। गहरी बात मजाक में कह दी गई मगर वो इशारा समझने के लिये काफी था।

कुसुम की विदाई हो गई। अमृत के घर पर बहुत उत्साह के साथ उसका स्वागत हुआ, जो भी दुल्हन को देखता देखते ही रह जाता। सभी का मन दुल्हन के पास ही बैठे रहने का करता। गीत–संगीत के कार्यक्रम के बाद वो समय भी आया जब अमृत को कुसुम से अकेले मिलने का वक्त मिला। सुहागरात के लिये कमरा बेहद खूबसूरती से सजाया गया था। कुछ लड़कियाँ जिनमें कुछ रिश्तेदार थी व कुछ पड़ौस की, कुसुम को कमरे मे लेकर आई और उससे वहीं बैठकर बातें करने लगी। अचानक अमृत को देखकर सब हंसते हुये भाग गई। अमृत ने दरवाजा बन्द किया और कुसुम के पास आकर बैठ गया। कुसुम की धड़कनें तेज हो गई। बहुत देर तक दोनों ने कुछ नहीं बोला।

फिर अचानक अमृत बोले– 'तुम बहुत सुन्दर और गुणवती हो और मैं अपने बारे में क्या कहूँ।'

अचानक कुसुम बोली– 'मैं सब जानती हूं आपके बारे में। मुझे दादाजी ने सब बता दिया था। आपको तो पूरा बनारस जानता है।' हालांकि कुसुम ने यह बात सामान्य बातचीत के लिये कही थी, पर चोर की दाढ़ी मे तिनका। अमृत को लगा कि वो उसे तंज कर रही है।

अमृत को आज अपने किये पर बहुत पछतावा हो रहा था। जिस कुसुम को इतना चाहने लगा था, उसे उसका सब अतीत पता है यह सोचकर वो कुसुम से आँखे नहीं मिला पा रहे थे। कुसुम के सामने खुद को बहुत छोटा महसूस कर रहे थे। फिर वो बोले– 'तुमने मेरे बारे मे बहुत बातें सुनी होंगी मगर तुम्हारे मेरे जीवन मे प्रवेश के साथ ही एक नये अमृत का जन्म हुआ है, यकीन मानो। तुम्हें मुझसे कभी कोई शिकायत नहीं मिलेगी। मैं बहुत खुशनसीब हूं मुझे तुम जैसी गुणवती जीवनसाथी मिली। मुझे स्वीकारने का बहुत आभार। फिर वो बोले चलो तुम थक गई होगी अब आराम कर लो।' यह कहकर वो बिस्तर के एक तरफ सो गये क्योंकि अब अपनी असलियत जाहिर

होने के बाद उनकी हिम्मत नहीं हुयी कि वो उससे प्रेम की बातें करे।

कुसुम को अहसास था उसने पहली बात से ही अमृत का दिल दुखा दिया परन्तु कुछ कहे बिना वो भी सो गई। अगले दिन जब अमृत उठे तो सुगन्धित धूप से घर महक रहा था। तभी कमरे मे कुसुम आई। उसके हाथ मे चाय की प्याली थी जिसे टेबल पर रख वो अमृत के पास बैठकर बोली– 'उठिये मुँह हाथ धोकर चाय पी लीजिये। अभी बहुत रिश्तेदार वापस जाने वाले है। जल्दी तैयार हो जाइये।' फिर वो अमृत का हाथ पकड़कर बोली– 'मुझे माफ कर दीजियेगा। कल जो मैंने कहा उसके लिये। मगर मेरा मकसद आपका दिल दुखाना नहीं था।'

अमृत बोला– 'अरे नहीं तुमने सही किया। मैने गलतियाँ तो की ही है ना पर जब से तुम्हें देखा है मैं तुमसे बहुत प्रेम करने लगा हूं। अब तुम ही मेरी जिन्दगी हो कुसुम। मैं माँ की सौगन्ध खाता हूं तुम मेरे जीवन की वो पहली और आखरी महिला हो जिससे मैंने सच्चा प्रेम किया है।'

कुसुम शर्माते हुये बोली– 'अच्छा आप तैयार हो जाये मैं जाती हूं।'

मेहमान चले गये। धीरे–धीरे कुसुम व अमृत एक दूसरे की आदतों को अच्छे से पहचानने लगे। फिर अमृत राय की जिन्दगी कुसुम ने ऐसी बदली की वो एक आदर्श पति की तरह कुसुम के इर्द–गिर्द ही मिलते थे। दोनो में अथाह प्रेम था। कुसुम के गुणों का प्रभाव माँ दुर्गा देवी को साफ दिखाई देता था। उन्हे अपने निर्णय पर गर्व होता था। दुर्गा देवी ने उन्हें घूमने के लिये विदेश भेजा व पूरा मौका दिया जिससे वो एक दूसरे को समझे। विवाह को एक माह हो गया अमृत ने शराब को हाथ तक नहीं लगाया। एक माह कम्पनी माँ ने ही सँभाली पर वह चाहती थी अब अमृत अपनी जिम्मेदारियाँ सम्भाले। विवाह के एक माह बाद जब ऑफिस का पहला दिन था तो अमृत का मन नहीं था ऑफिस जाने का। पर कुसुम को तैयार देखकर वो बोले– 'तुम कहाँ जा रही हो?'

वह बोली– 'मैं अनाथ आश्रम जा रही हूं। मैं कब से सबसे मिली नहीं। आप मुझे रास्ते मे छोड़ते हुये ऑफिस चले जाना।'

अमृत को लगा अब तो जाना ही पड़ेगा। फिर वो उठकर तैयार होने चले गये। दोनों ने नाश्ता किया और माँ को प्रणाम कर घर से निकल गये। दिन बीतते चले गये और अमृत ने पूरी लगन से ऑफिस का काम भी संभाल लिया। एक वर्ष बाद उनके

घर एक पुत्री का जन्म हुआ। दोनों के जीवन में जैसे बहार आ गई। नन्हीं सी स्नेहा जब दो वर्ष की थी तब कुसुम पुनः गर्भवती हुई मगर वो अकसर बीमार हो जाती। शरीर भी कमजोर होने लगा था शायद कोई गम्भीर बीमारी लग गई इसलिऐ अस्पताल मे भर्ती करना पड़ा। बहुत इलाज हुआ मगर वह ठीक नहीं हो रही थी। नौ माह भी पूरे हो गये। बीमारी मे प्रसव पीड़ा का दर्द वह बर्दाश्त नहीं कर पाई और प्रसव के दौरान वो चल बसी। एक पुत्र को जन्म देकर वह अमृत का जीवन वीरान कर इस दुनिया से चली गई। यह इतना बड़ा सदमा था जिसे अमृत बर्दाश्त नहीं कर पाये। और बिल्कुल गुमसुम हो गये। दो छोटे बच्चों की जिम्मेदारी कौन संभालेगा यह प्रश्न सबके होंठों पर था। माँ भी फूट–फूट के रो रही थी। वो बार–बार सिर पीट कर कह रही थी मेरी फूल सी बच्ची को किसकी नजर लग गयी। उठाना था तो मुझे उठाता हे भगवान इतनी छोटी उम्र मे क्यों मेरी बच्ची को छीन लिया? कैसे रहेगा मेरा बेटा? कितना प्यार करते थे दोनों। हाय ये सब क्या हो गया? किसकी नजर लग गयी मेरी बच्ची को? वापस कर दे उसे, मेरी जान ले ले भगवान, अरे अब मेरे बेटे और पोते–पोती को कौन देखेगा? पड़ौसी, रिश्तेदार, अनाथ आश्रम व कम्पनी के लोगों से हाल भरा हुआ था। अमृत से जो जैसे करने को बोलता वो वैसे ही अन्तिम संस्कार की विधि करता रहा। लेकिन उसे कुछ भी पता नहीं चल रहा था कि वो क्या कर रहा है? जब सब कुछ हो गया और सब ने यह महसूस किया कि वह अपने होश मे नहीं, न खाना खा रहा न पानी पी रहा न बोल रहा न रो रहा। सबने बहुत कोशिश की उसे रुलाने की मगर कोई फायदा नहीं हुआ। तभी नौकरानी छोटे से बच्चे को लेकर आई, जो भूख से बिलख रहा था, उसकी आवाज अमृत के कानों मे चुभने लगी। तभी अचानक अमृत चिल्लाया बोला– 'ले जाओ इसे यहाँ से। इसी की वजह से मैंने अपनी कुसुम को खो दिया हैं और आइंदा इसे मेरे सामने कभी मत लाना।' यह कहकर वो जोर–जोर से रोने लगा। उसके रोने की आवाज हवेली की दीवारों को भी चीर गई। वहाँ खड़े सभी नौकर रिश्तेदारों की आँखे भीग गई। उसके बाद से अमृत न कभी हंसे न ही रोये। आज इस बात को 20 वर्ष बीत चुके। उस दिन के बाद से अमृत ने कम्पनी मे ही सारा वक्त दिया। कारोबार को सबसे ऊँचे मुकाम में पहुँचा दिया। बच्चों को तो कभी पूछा भी नहीं। बच्चों को दुर्गा देवी व नौकरों ने ही पाला व बड़ा किया। बच्चे भी अपने पिता के प्यार को तरसते हुये वक्त से पहले ही समझदार हो गये। उनको पिता के प्यार की हमेशा लालसा रही। बड़ी बेटी से तो वो फिर भी कभी बोल लेते थे लेकिन बेटे की तो शक्ल भी नहीं देखते

थे। इसलिये पढाई के लिये दुर्गा देवी ने उसे लंदन हॉस्टल मे रख दिया था। आज अमृत राय की बेटी को देखने कुछ लोग आने वाले थे और आज ही उनका बेटा भी विदेश से पढाई पूरी कर के आने वाला था। सारे बनारस मे ये खबर फैली थी हर्ष बाबू विदेश से पढ़ाई करके आ रहे है और अमृतराय के मन मे कितनी हलचल है, ये कोई नहीं समझ सकता था। सिर्फ माँ को अहसास था उसकी दुविधा का। बूढ़ी माँ लाठी के सहारे एक नौकर के साथ कमरे के बाहर खड़ी देखी तो अमृत बोले– 'अरे माँ तुम क्यों यहाँ आई, मुझ को बुला लेती।'

माँ बोली– 'मुझे तुमसे बहुत जरूरी बात करनी है।' यह कहकर वो कमरे मे आकर कुर्सी मे सहारा लेते हुये बैठ गई।

पास की कुर्सी मे बैठते हुये अमृत बोले– 'बोलो माँ।'

माँ ने बोलना शुरू किया– 'देखो बेटा मैं जानती हूं तुमने कुसुम से अटूट प्रेम किया। मगर उसकी निशानियों को खुद से दूर करके क्या तुम्हें लगता है कुसुम की आत्मा को शान्ति मिली होगी। नहीं बेटा शायद आज भी उसकी आत्मा को शान्ति नहीं मिली होगी। वो आज भी तड़प रही होगी अपने बच्चों को गले लगाने को और तुम्हे बच्चों को प्यार करते देखने को, जो असम्भव नहीं है बेटा। वह तुम्हारी अर्धांगिनी थी। वो अर्धांगिनी जिसका तुम आधा हिस्सा हो अगर तुम अपने बच्चों को गले लगाओगे तो समझना वो बच्चे कुसुम के गले भी लग गये। उसकी आत्मा खुश हो जायेगी। मैं मानती हूं बहुत देर हो गई है मगर आज ये बच्चे तुम्हारे पास है। तुम्हें इनको प्यार–दुलार देना चाहिये। फिर बेटी अपने ससुराल व बेटा वापस विदेश चला जायेगा। मैं भी कब तक जियूँगी। तुम बिलकुल अकेले हो जाओगे। तुम्हें बच्चों की व बच्चों को तुम्हारी जरूरत है। तुम कैसे छोटे से बच्चे को उसकी माँ की मौत का कारण मानते हो, जबकि सबसे ज्यादा जरूरत तो उस समय बच्चे को ही माँ की होती है। फिर वो बच्चे का क्या कसूर था। मैने ही शायद ये सब कहने मे देर कर दी पर अभी भी वक्त है। बेटा मेरी बात को समझो अपने भीतर के द्वन्द को खत्म कर दो, अपना लो उन बच्चों को बहुत नाइन्साफी हुई है उन पर।' यह कहकर वो लाठी का सहारा लेते हुऐ कमरे से धीरे–धीरे निकल गई।

अमृत बाबू की आखो से आँसू छलक आये। एक घंटे बाद हर्ष के आने की खबर हवेली मे फैल गई। अमृत के कानों मे भी ये खबर सुनाई दी। वो दरवाजे की ओट से हॉल को देख रहे थे। आज पहली बार उनने हर्ष को ठीक से देखा। कुसुम की ही

परछाईं था वो। लम्बा, सुन्दर नौजवान। अलौकिक रूप था उसका। बूढ़ी दादी ने काँपते हाथो से आरती कर उसका घर मे प्रवेश कराया। बहन सीने से लग गई। दोनो एक दूसरे से बहुत देर बातें करते रहे पर हर्ष बार–बार आँखे घुमा कर यहाँ–वहाँ देख रहा था।

फिर ऊपर अमृत के कमरे की तरफ देखकर सहमी आवाज मे दादी से बोला– 'पिताजी कहाँ है।'

वो बोली– 'अपने कमरे में।'

कुछ देर चुप बैठकर वो तुरंत उठा फिर उस कमरे की तरफ चल दिया जहाँ अमृत दरवाजे के पीछे छुपकर बातें सुनने व हर्ष को देखने की कोशिश कर रहा था। हर्ष को अपने कमरे मे आते देख उनकी धड़कने बढ़ गई। जल्दी से बिस्तर पर जाकर सोने का बहाना करने लगे। हर्ष पहले से बहुत बदल चुका था अब वो डरा सहमा नहीं समझदार हो चुका था। वह कमरे मे आया उसने पिता को लेटे देखा, साथ ही उसने यह भी गौर किया कि उन्होंने आँखे जबरदस्ती बन्द की है। उसने पिता के पाँव छुये और वहीं बैठकर धीरे–धीरे अमृत के पैर दबाने लगा तो अमृत की आखों से आँसू ढुलक गये।

वो तुरंत उठे हर्ष को गले लगा लिया लिया। हर्ष का माथा चूम लिया। बार–बार उसे सहलाने लगे। वह उसे सीने से बार–बार लगाते और फिर सहलाते।

फिर बोले– 'मुझे माफ कर दे मेरे बच्चे। मैंने बहुत समय तुझसे नफरत में गुजार दिया जबकि तेरा कभी कोई कसूर ही नहीं था। अब मैं तुझे कही नही जाने दूंगा। मैं वाकई बहुत अभागा हूं खुद खुशियों को अपने से दूर करता रहा। मैं तेरा गुनहगार हूं मेरे बच्चे तू मुझे सजा दे।'

हर्ष बोला– 'नहीं आप तो मेरे भगवान हो। मैं आप का बहुत सम्मान करता हूं। आप ने मुझे गले लगा लिया मेरे लिये आज का दिन सबसे बड़ा दिन है। अब दीदी की शादी मे अलग ही रौनक होगी।'

दरवाजे के पीछे से दुर्गा देवी को थामे स्नेहा खड़ी थी। दोनो की आँखे आँसुओं से भरी थी। अमृत राय ने स्नेहा को इशारे से पास बुलाया और दोनो बच्चों को गले से लगा लिया। दुर्गा देवी के मुँह से अनायास ही निकला जाग उठा भगवान।

छोटी सी सीख

अखिलेश की इकलौती बेटी निधि का आज जन्मदिन था। जिसे वह दुनिया मे सबसे अधिक प्यार करता था। 9 वर्ष की निधि बहुत ही प्यारी बच्ची थी पिता के घर पहुँचते ही पानी का गिलास दौड़कर ले आती। उसके बाद दिन भर की बातें अखिलेश को बताती, अखिलेश के साथ ही खाती अखिलेश की पत्नी कविता अक्सर बोलती, 'तुम्हारे लाड़ प्यार ने जिद्दी बना दिया है इसे।'

बहुत प्यार करता था अखिलेश अपनी राजकुमारी को और आज उसके जन्मदिन पर इतनी देर हो गई उसे घर जाने में। कोर्ट में एक केस के सिलसिले मे वह बहुत व्यस्त था। कुछ सबूतों को जुटाने के लिये काफी समय लग गया, शाम के 7 बजे वह तेजी से कार दौड़ाते हुये अपने घर की तरफ जा रहा था कि अचानक गाड़ी के सामने एक बुढ़िया आ गई। अखिलेश झुँझलाकर, चिल्लाते हुये बोला, 'मरना चाहती है बुढ़िया।' जोर की आवाज के साथ ब्रेक लगाकर गाड़ी रोककर वह गाड़ी से उतरकर उसके पास गया, 'आँख नहीं है तेरे पास जो मेरी गाड़ी के नीचे आ रही है।'

बुढ़िया बहुत सहम गई। घबराते हुये बोली, 'माफ कर दो बेटा मैने दूर से तुम्हारी गाड़ी आते देखी तो दौड़कर तुम्हें रोकने आ गई। मुझे तुमसे बहुत जरूरी काम है।'

अखिलेश चौंकता हुऐ बोला, 'मुझसे क्या काम है तुम्हें और तुम मेरा पीछा क्यों कर रही हो, कैसे जानती हो तुम मुझे।'

'बेटा मेरा जवान बेटा जेल मे है उसे झूठे गुनाह मे फँसाया है। जिस सेठ का तुम केस लड़ रहे हो असली गुनहगार तो वही है बेटा और मेरे सीधे–साधे बेटे को फँसा दिया उसने।'

अखिलेश को समझते देर न लगी कि यह संजय की माँ है। अखिलेश बोला, 'देखो मुझे सब पता है, मेरा काम केस जिताना है, चाहे वो मुकदमा झूठा हो या सच्चा। तुम मुझसे कोई उम्मीद मत रखो जाओ मैं तुम्हारी कोई मदद नहीं कर सकता।'

बुढ़िया बोली, 'ऐसा मत कहो बेटा ,मैं तुम्हें कब से ढूँढ रही थी। तुम मेरे बेटे को बचा दोगे तो ईश्वर तुम्हें हर खुशी देगा।

अखिलेश बोला, 'मुझे माफ करो और अपने रास्ते जाओ। मैं कुछ नहीं कर सकता।'

बुढ़िया बोली, 'मेरी एक ही औलाद है, मेरे बुढ़ापे का सहारा वो बिलकुल मासूम है उसने कभी एक चींटी भी नही मारी और उसे इतने बड़े अपराध मे फँसा दिया। इतना झूठा इल्जाम काश तू समझ पाता इस समय मेरे दिल में क्या गुजर रही है? मैं तुझे श्राप देती हूं तू कभी खुश नही रहेगा। जैसे मैं तड़प रही हूं तू भी अपनी औलाद के लिये ऐसे ही तड़पेगा।'

यह सुनकर अखिलेश झुंझला गया। 'क्या बक रही है पागल बुढ़िया हट रास्ते से मुझको जाने दे।' यह कहकर वह गाड़ी मे बैठा और तेजी से गाड़ी भगा दी।

बुढ़िया उसकी गाड़ी के पीछे काफी दूर तक भागती रही और उसे कोसती रही फिर थककर रुक गई। अखिलेश लखनऊ में दस साल से वकालत कर रहा था और पिछले दस साल मे अपने 90% केस वो ही जीता था। शहर में जो भी कोर्ट केस में फँसता वो सबसे पहले अखिलेश को ही अपना वकील रखना पसंद करता। लेकिन अखिलेश सिर्फ उसका ही केस लेता जिसकी जेब मे पैसा होता, चाहे वह गुनहगार ही क्यों न हो। कई गुनहगारों को उसने अपने हुनर से जेल जाने से बचा लिया था। उसने अपने पेशे को व्यापार बना रखा था, आज भी उसके पास एक ऐसा ही केस था। जिसमें सेठ धर्मपाल जी की हत्या हुयी थी उनकी ही फैक्टरी में उनकी लाश मिली थी। जिसका इल्जाम संजय पर लगा क्योंकि वह वही काम करता था और एक वही था जो उस फैक्टरी में सबसे देर तक काम करता था और सबके जाने के बाद जाता था। इसी कारण सबको उस पर संदेह हुआ और उसे पुलिस ने गिरफ्तार कर लिया। धर्मपाल जी के बेटे किशोर ने उसके ख़िलाफ रिपोर्ट लिखाई थी। संजय एक गरीब परिवार का मेहनती और ईमानदार लड़का था। पिता के देहान्त के बाद उसकी माँ ने दूसरों के घरों मे चौका–बर्तन का काम करके उसे पाला–पोसा व पढ़ाया–लिखाया। 12वीं मे 80% अंको के साथ उत्तीर्ण होने के बाद कॉलेज की पढ़ाई के लिये पैसे न होने के कारण और घर की देखभाल करने के लिये वो यह नौकरी कर रहा था। किशोर एक अय्याश व्यक्ति था। सेठ धर्मपाल इसी कारण उससे हमेशा नाराज रहते थे। आज भी दोनों बाप–बेटों मे बहस हो रही थी कि किशोर ने पिता को धक्का दिया और अनजाने में उनका सर दीवार से जोर से जा लगा, जिससे दिमाग के भीतर गहरी चोट लग गई और इन्टर्नल ब्लीडिंग के कारण उनकी मत्यु हो गई। किशोर यह देखकर डर गया। वो वहाँ से भाग गया और जब शाम को चौकीदार सेठ जी के कमरे मे ताला लगाने से

पहले सफाई के लिये गया तो सेठ जी की लाश देखकर चिल्लाने लगा।

संजय भी घर जाने को तैयार था। चौकीदार की आवाज सुन सेठ जी के कमरे की तरफ दौड़ा। उसी ने पुलिस बुलाई और किशोर को फोन किया और किशोर जब आया तो उसने संजय के ख़िलाफ ही रिपोर्ट लिखवा दी। और बेचारे संजय को पुलिस ने गिरफ्तार कर लिया। बात कोर्ट तक पहुँची और किशोर ने अखिलेश को अपना वकील नियुक्त किया। जब अखिलेश ने किशोर को आशवस्त कर दिया कि कैसा भी केस हो वो उसे जिता देगा तो उसने अखिलेश को सब सच्चाई बता दी। अखिलेश भी अपना वादा निभाने लगा।

अखिलेश परेशान हो जब घर पहुँचा तो कविता निधि को चुप करा रही थी पर निधि रोये जा रही थी। अखिलेश को लगा उसके देर से आने के कारण निधी रो रही है। कोई मेहमान नहीं कोई सजावट नहीं। बस टेबल पर केक रखा था जिसे अब तक काटा नही गया था। 'क्या हो गया? बर्थडे सेलीब्रेट क्यो नही किया? सॉरी बेटा मैं काम मे फँस गया था। नहीं तो कभी ऐसा हुआ है कि मैं अपनी रानी बिटिया के जन्मदिन में टाइम पर न पहुँचा। मगर कविता तुमने सेलिब्रेशन तो करना था, इसके दोस्तों को क्यों नही बुलाया।'

कविता बोली, 'जब से स्कूल से आई है रोये जा रही है कुछ बताती ही नहीं। मैं तो परेशान हो गई क्या हुआ पता नहीं। तुम्हारा भी फोन नहीं मिल रहा था। न किसी को बुलाने दिया न केक काटने को राजी हुयी। अब तुम ही पूछो अपनी लाड़ली से की क्या हुआ।'

अखिलेश ने बड़े प्यार से निधि के सर पर हाथ फेरकर पूछा, 'क्या हुआ बच्चे बताओ तो।'

निधि रोते हुऐ बोली, 'पापा आज क्लास मे मेरी बडी बेइज्जती हुयी। मैं बहुत दुखी हूं और गुस्सा भी आ रहा है। मैं कल से कभी स्कूल नही जाऊँगी।'

अखिलेश बोला, 'ऐसा नहीं कहते बेटी। पढ़ोगी नही तो टीचर कैसे बनोगी।' अक्सर निधि बोलती थी मैं टीचर बनूँगी। टीचर झूठ का साथ देती है मैं तो वकील बनूँगी आपकी तरह और सबको इंसाफ दिलाऊँगी। निधि बोली

अखिलेश को एक धक्का लगा उसकी आँखो के आगे संजय की माँ का चेहरा घूम गया। 'हुआ क्या बताओ तो सही।' वह बोला

'आज मेरे क्लास में एक बच्ची ने किसी बच्ची के फीस के पैसे चुरा लिये, जब

क्लास की तलाशी हुयी तो वो पैसे उसने मेरे बैग मे न जाने कब डाल दिये और सबने मुझे चोर समझा मेरा बहुत मजाक़ बनाया। और टीचर ने मुझे बर्थडे के दिन पूरा दिन बैंच पर कान पकड़ कर खड़ा रखा। मै बोलती रही मैने कुछ नही किया पर वो नही मानी सारे बच्चे मुझे चोर–चोर चिढ़ाने लगे। जो चाकलेट मैं स्कूल में बांटने के लिये ले गई थी वह भी वापस ले आई हूं। किसी ने मुझे बर्थडे विश नही किया।' यह कहकर वो जोर–जोर से अखिलेश से लिपटकर रोने लगी।

अखिलेश अपनी बेटी को दुखी नही देख पा रहा था। उसे बहुत बुरा लग रहा था। कविता भी रोने को हो आई। दोनो बहुत परेशान हो गये। अखिलेश के कानों मे संजय की माँ की श्राप बाली बातें गूँजने लगी और रह–रह कर उसका चेहर याद आने लगा। निधि के कारण उसका दिल करूणा से भर आया। वो सोचने लगा मेरा यह हाल है तो संजय की माँ का क्या हाल हो रहा होगा। उसे अपने आप पर गुस्सा आने लगा। बड़ी मुश्किल से उसने खुद को संभाला। फिर अखिलेश ने निधि को बहुत समझाया और दूसरे दिन उसके स्कूल जाकर बात करने की ठानी। जैसे तैसे निधि को खाना खिलाया और दूसरे दिन निधि के स्कूल जाकर बात की और सारा सच प्रिन्सिपल को बताया। जब उस लड़की से सख़्ती से पूछताछ की गई तो उसने स्वीकार किया कि चोरी उसने ही की थी और जब तलाशी होने लगी तो डरकर उसने रूपये निधि के बैग मे डाल दिये। टीचर ने निधि को गुनहगार समझ उसे सजा दे दी। सारी बात पता होने पर टीचर ने निधि और उसके पिता अखिलेश से पूरी कक्षा के आगे माफी माँगी। दूसरी लड़की से उसके माता–पिता को स्कूल आने को बोला। अब सब कुछ ठीक हो गया था। निधि के चेहरे पर पुनः मुस्कान देखकर अखिलेश को संतोष हुआ।

स्कूल से बाहर निकलकर जब वो कोर्ट जाने लगा तो उसे संजय का निर्दोष चेहरा सामने आ गया। आज जब उसकी औलाद पर झूठा इल्जाम लगा तो कैसा तड़प गया वह। पूरे रास्ते असका ज़मीर उसे कोसता रहा कोर्ट के बाहर पहुँचकर उसने संजय को हर हाल मे बचाने का निर्णय लिया और तेजी–तेजी से कोर्ट रूम की तरफ चल दिया। तभी दो बूढ़ी आँखे उसे ताकती नजर आई वो संजय की माँ थी। वह उसके पास गया। उसका चेहरा देखा मायूस, बूढ़ी आँखे बड़ी उम्मीद से अभी भी उसे ताक रही थी। कई गमों सहा वह झुर्रिदार चेहरा निराशा भरा मगर नजरें जैसे अभी भी अखिलेश से कुछ कह रही हो। उसकी धूमिल आँखो में नमी साफ दिखाई दे रही थी। अखिलेश ने पास जाकर बोला, 'माई मुझे आशीर्वाद दो मैं तुम्हारे निर्दोष संजय का केस लडने जा रहा हूं।'

सिर्फ तुम

मास्टर दीनदयाल जी की बेटी संध्या की आज शादी है। सुबह से ही सब तैयारियों मे लगे है। घर में रिश्तेदारों की चहल–पहल है हर कोई अपने अपने काम व तैयारियों मे लगा है। मास्टर जी पहाड़ों की रानी मसूरी में रहते हैं। उनकी ईमानदारी व अच्छे स्वभाव से वहाँ के समाज में उनकी बहुत इज्जत हैं। संध्या उनकी लाड़ली बेटी हैं। जिसकी खुशी के लिये वो कुछ भी कर सकते थे। आज उनके लिये बहुत खुशी का दिन था साथ ही संध्या के बिछुड़ने का गम भी उन्हें रह रह कर डरा रहा हैं। संध्या अपने कमरे मे उदास बैठी है रह रह कर उसके आँखो मे आँसू आ रहे है।

तभी माँ ललिता कमरे मे आई बोली, "ये साड़ी अभी पहन ले और ये लाल जोड़ा शाम को पहनना। वो संजय के घर से आया है।"

अचानक उसकी नजर संध्या के चेहरे पर पड़ी उसकी आँखो में लाली व सूजन थी। माँ जानती थी सन्ध्या अभी विवाह नही करना चाहती हैं वह अपने पिता पर जान छिड़कती है इसीलिये मजबूरी मे विवाह के लिये हाँ बोला है। पिता की आज्ञा उसके लिये भगवान की आज्ञा है।

ललिता ने उसे समझाने का प्रयत्न किया बोली "बेटी रो मत संजय बहुत अच्छा लड़का है। तुम्हें बहुत खुश रखेगा। मुझे पूरा विश्वास है एक दिन तुमको संजय हम सब से प्यारा हो जायेगा।" संध्या ने माँ को गले से लगा लिया। माँ की आँखो से आँसू छलक आये। माँ जानती थी कि संजय संध्या की जोड़ी कुछ खास नही। संध्या बहुत ही रूपसी थी जबकि संजय सामान्य कद का साधारण सा दिखने वाला, वह दीनदयाल जी के प्रिय मित्र का बेटा था स्वभाव से बहुत ही नेक था। माँ को अहसास था कि वह संध्या को पसंद नही वह सिर्फ पिता के कारण यह विवाह कर रही है। यह तो एक बात थी जिससे माँ अवगत थी।

माँ के जाते ही संध्या बडबडाई बोली "मुझे माफ कर देना माँ आज मै वो करने जा रही हूँ जिससे तुम शायद मुझे कभी माफ नही करोगी।" मगर दूसरी बात जो सिर्फ संध्या तक ही सीमित थी वह था संध्या का प्रताप से प्रेम। घर पर उसने कभी किसी को नही कहा। उसका एक कारण पिता की समाज मे इज्जत व संध्या का भय भी था ।

प्रताप से वो कॉलेज मे मिली थी और शायद ये किस्मत ही थी कि न चाहते हुये भी उसे उससे प्रेम हो गया। हुआ यूँ कि प्रताप कॉलेज का बड़ा प्रसिद्ध लड़का था। उसके आकर्षक व्यक्तित्व से सम्मोहित हुये बिना कोई नही रह पाता था। कॉलेज की सभी लड़कियाँ उससे दोस्ती करना चाहती थी। उसके बारे मे बातें करती। कितना स्मार्ट है आदि आदि। संध्या अपने परिवार से परिचित थी तो वो इन बातों से हमेशा बचती थी। दोस्तों से कहती भी थी तुम पढ़ाई पर ध्यान दिया करो न कि प्रताप पर, ऐसा भी कोई खास नही है कि तुम सब पागल हो। खाली पीरीयड मे सब स्टूडेंट्स बाहर कैम्पस मे लगी सीमेन्ट की कुर्सियों मे बैठते थे।

एक दिन वही बैठ कर संध्या कुछ नोट्स बना रही थी कि उसकी नजर सामने की बैन्च पर गई। सामने प्रताप अपने दोस्तों के साथ बैठा था। बार बार उसकी नजर वहाँ जा रही थी क्योंकि प्रताप उसकी ओर इशारा करके कुछ बातें कर रहा था। तभी घंटी बजी और वो क्लास मे चली गई। अब जब भी संध्या व उसकी सहेलियाँ बाहर बैन्च मे बैठती प्रताप और उसके दोस्त सामने से बैठ जाते। संध्या सुन्दर तो थी पर माडर्न नही जबकि उसकी दोस्त काफी माडर्न थी। संध्या यही सोचती थी कि ये उसकी दोस्तों को देखते है। वो अपनी तरफ से बेफिक्र थी। एक दिन जब दोपहर को क्लास के बाद घर को लौट रही थी तो उसे लगा कोई उसके पीछे आ रहा है।वह मुड़ी तो प्रताप पीछे था। एक पल को डर गई।

फिर हिम्मत करके बोली, "क्यों मेरा पीछा कर रहे हो?"

प्रताप बोला, "तुमसे दोस्ती करना चाहता हूँ।"

संध्या बोली, "मै लड़कों से दोस्ती नही करती।"

मगर वो उसके साथ साथ चलता रहा बोला, "तुम सोच रही होगी ये इतना माडर्न है। बिगड़ा लड़का होगा मगर मैं बहुत अच्छे परिवार से हूँ। मुझे तुम बहुत पसंद हो सुन्दर सीधी सादी।" संध्या ने अकड़ के जवाब दिया," मैने पूछा तुमसे? मेरा पीछा मत करो नही तो मै शोर मचा दूँगी।" प्रताप बोला," संध्या प्लीज मेरी बात तो सुनो। मेरा विश्वास करो मै तुम्हें बहुत पसंद करने लग गया हूँ।"

संध्या ने उसे बड़ी बड़ी आँखो से यूं घूरा मानो खा जायेगी। "इससे आगे एक शब्द मत बोलना। जाओ यहाँ से।"

प्रताप चला गया। संध्या दो दिन कॉलेज नही गई। प्रताप उसका इंतजार

करता रहा तीसरे दिन जब वो कॉलेज आई तो प्रताप से रहा न गया। वो उसके पास आकर बोला," तुम मेरी वजह से कॉलेज आना मत छोड़ना। मै नही चाहता मेरी वजह से तुम्हारी पढ़ाई का नुकसान हो।"

संध्या को गुस्सा तो बहुत था। वह बोली," मेरे आस पास नजर मत आना तुम समझे। मै तुम्हारी शक्ल भी नही देखना चाहती।"

प्रताप की इतनी बेइज्जती उसके दोस्तों के सामने ही की थी संध्या ने, जिसे प्रताप ने दिल से लगा लिया। अगले दिन से प्रताप कही नजर नही आया। संध्या खुश थी कि वो इन सब चक्करो से बच गई पर शायद पूर्ण खुश नही थी। 3 दिन से प्रताप का कोई पता न था। उसे उसके लिये बुरा लग रहा था। कहते है जब दूरियाँ होती है तभी इन्सान की कदर होती है। संध्या का मन नही लग रहा था उसे प्रताप के बारे मे जानने की उत्सुकता थी कि वो गया कहाँ? वो उसके डिपार्टमेन्ट मे गई। उसके क्लास मे उसके दोस्त दिखाई दिये। उन्होंने उसे देखकर मुँह पलट लिया। वो कुछ पूछ नही पाई और अपने डिपार्टमेन्ट मे वापस आ गई। आज उसे अपने बुरे व्यवहार पर गुस्सा आ रहा था। उसे महसूस हुआ कि उसने प्रताप के साथ अच्छा नही किया। अगले दिन जब वह कॉलेज पहुँची तो प्रताप के एक दोस्त ने उसे एक पत्र दिया। संध्या ने जल्दी से पत्र लिया व एक एकांत कक्षा के कमरे मे बैठ कर पत्र पढ़ने लगी। पत्र खोलते ही वह चौंक गई, वह पत्र खून से लिखा था जिसमें कुछ इस तरह लिखा था कि "मै तुम्हें बहुत समय से देख रहा हूँ तुम मुझे बहुत पसंद हो मै तुम्हारी नफरत के साथ नही जी सकता। तुम तो मुझ पर विश्वास भी नही करती हो अब तुम मेरा मुँह कभी नही देखोगी।" संध्या के हाथ काँपने लगे धड़कने तेज हो गई किसी अनहोनी की आशंका से उसका चेहरा उतर गया। तेजी से वो उस तरफ दौड़ी जिस तरफ प्रताप के दोस्त ने उसे ये पत्र दिया था। वो वहीं था कुछ दोस्तों से कहीं जाने की बातें कर रहा था।

उसने उसे आवाज दी नितिन, नितिन मुडा और बोला," मै जानता था तुम आओगी वो पागल ने अपनी नस काट ली है। अभी सिटी अस्पताल मे भर्ती है। वैसे घबराना नही अब काफी ठीक है।" यह सुनकर संध्या सुन्न सी हो गई कुछ समझ नही पा रही थी। कैसी दुविधा मे फँस गई है वो। उसने मन मे ठानी थी कि कभी इन सब चक्करों मे नही पड़ेगी। अपने पिता की याद आई पिता की समाज मे कितनी इज्जत है लोग क्या कहेंगे? नहीं नहीं पिता की बदनामी वो नही सह सकती और अगले ही पल प्रताप का ख्याल आया। क्या वो अब उसको देखे बिन ना रह पायेगी? क्या वो उसका

दुख देख पायेगी? क्या वो उसके साथ नाइंसाफी नही कर रही? कितना प्यार करता है वो उसे, और संध्या की नजरें भी तो उसे देखना चाहती है। कई सवाल उसके जहन मे गूँज रहे थे क्या करे क्या नही और अन्त मे प्यार की जीत हुयी।

संध्या ने सब बातें अपनी सहेली ममता से कह दी। वो बोली," चल अभी अस्पताल चलते है।" ममता तो यही चाहती थी। दोनो कॉलेज से निकल गये।

अस्पताल मे उसका एक दोस्त मनोज वहाँ बैठा था बोला," अरे संध्या ठीक समय पर आई अभी अभी सब लोग घर गये है। प्रताप अकेला है तुम अंदर चली जाओ।"

ममता बाहर ही रूक गई मनोज के साथ। संध्या ने धीरे से दरवाजा खोला। प्रताप आँखे बन्द किये लेटा था वह बड़ा कमजोर लग रहा था। ग्लूकोज की बोतल लगी थी।

संध्या उसके पास बैठ कर उसके माथे पे हाथ रखकर बोली,"ये सब क्या कर लिया पागल हो तुम?"

प्रताप धीरे से आँखे खोलकर बोला," तुमने कर दिया।"

संध्या की आँखो से आँसू की धार बह गई बोली," प्यार करने को मै ही मिली तुम्हें जिसने तुम्हें अस्पताल पहुँचा दिया। क्यों किया तुमने ऐसा? और तुम्हें कुछ हो जाता तो मै अपने को कभी माफ नही कर पाती।"

प्रताप बोला," मै तुम्हारे बिना नही रह सकता पता नही तुमने क्या जादू कर दिया हैं? तुम्हारे बिन कुछ अच्छा नही लगता हर पल सिर्फ तुम। मेरे ख्वाबों और ख्यालो मे रहती हो।"

संध्या ने उसका हाथ थाम लिया बोली," मै भी तुम्हारे बिन नही रह सकती हूँ। मैने बहुत रोका खुद को मगर तुम्हारे प्यार के आगे मै हार गई।" संध्या के सब द्वन्द मिट गये थे। एक शान्ति सी थी उसे उस पल। उसने सोचा काश ये हाथ कभी न छोड़ना पड़े।

तभी ममता अंदर आई बोली," कैसे हो प्रताप?"

वो मुस्कुरा कर बोला," अब डाक्टर आ गई न अब ठीक हूँ।"

ममता हँसी... बोली," चल काफी देर हो गई है।" दोनो दोस्त चली गई संध्या की आँखे मुड़ मुड़ कर प्रताप को देख रही थी सब कुछ बदल गया था कितना सुंदर

अहसास था वो प्यार का।

दो दिन बाद प्रताप कॉलेज आया। आते ही सीधे संध्या के पास गया। संध्या की आँखो मे एक चमक थी। उसने आँखो से कुछ इशारा किया और कैन्टीन की ओर जाने लगी। थोड़ा रूक कर प्रताप भी पीछे से आ गया। 'संध्या' उसने आवाज दी। सन्ध्या धीरे चलने लगी प्रताप उसके साथ चलने लगा। दोनो एक दूसरे को देखते फिर चलने लगते।

सन्ध्या ने ही बात शुरू की," अब कैसे हो तुम?"

प्रताप बोला," अच्छा हूँ, तुम जो साथ हो।" दोनो कैन्टीन चले गये कई बातें की, अब वो रोज मिलने लगे। एक दूसरे के साथ रहना उनको सबसे अच्छा लगता था। कभी कैन्टीन... कभी लाइब्रेरी... तो कभी क्लास न पढ़ कर, दोनो साथ रहते। कॉलेज मे सब उन दोनो को लैला मजनूं कहकर चिढ़ाते, पर वो किसी की बातो पर ध्यान नही देते। सन्ध्या और प्रताप के दोस्त उनको हर सम्भव मिलाने के प्रयत्न करते। दोनो अपने अपने दोस्तों के अजीज थे। प्रताप बहुत ही सम्पन्न परिवार से था जबकि संध्या एक सामान्य परिवार से थी। दोनों का स्नातक होने का आखिरी वर्ष था। प्रताप का एक बड़ा भाई व बड़ी बहन थी वह परिवार का सबसे छोटा व लाड़ला था। उसके पिता नहीं थे जिनकी कमी उसे हमेशा लगती थी। उसका एक होटल, कपड़े की दो दुकानें व फार्म आदि थे, जो उसका बड़ा भाई ही सम्भालता था। भाभी के आने के बाद से भाई के स्वभाव मे काफी बदलाव हो गया था। एक दिन प्रताप संध्या को अपने घर ले गया, अपनी माँ से मिलाने के लिये। बहुत आलीशान सा बंगला जिसमें कई नौकर चाकर थे। संध्या को बहुत घबराहट हो रही थी और ये घबराहट तब और बढ़ गई जब उसने प्रताप की माँ को देखा। वह साँवली सी लम्बे कद की मोटी सी रौबदार स्त्री थी। संध्या को उनके हाव भाव से ज्ञात हो गया कि वो संध्या से मिलकर खुश नही हुई।

संध्या ने नमस्कार किया उन्होंने सर हिलाकर नमस्कार का जवाब दिया। फिर नौकर को आवाज देकर बोली, "कुछ खिलाओ बच्चों को" और ये कहकर वहाँ से चली गई।

तभी प्रताप की भाभी ने प्रवेश किया प्रताप बोला," भाभी ये सन्ध्या है मेरे कॉलेज मे साथ।"

भाभी मुस्कुराई और बोली, "अच्छा कहां रहती हो तुम?"

सन्ध्या ने कहा," यही बाजार के पास।"

बाजार के पास कहाँ?

जी जी कहते ही संध्या की नजर प्रताप पर पड़ी और वो समझ गया कि संध्या घबरा रही है। वो बोला," भाभी बच्चे कहाँ है?"

"बाहर खेल रहे है।"

'अच्छा भाभी संध्या को देर हो जायेगी। मैं इसे छोड़कर आता हूँ।' कहकर प्रताप ने भाभी के प्रश्नों से जैसे जान बचाई हो। बाहर आँगन मे दो छोटे बच्चे लगभग 8 व 9 वर्ष के होंगे, खेल रहे थे। प्रताप को देखते ही दोनो भाग के उसके पास आ गये।

"चाचू ये चाची है न"

प्रताप ने हाँ कहकर संध्या का हाथ पकड़ लिया। मगर इस वक्त संध्या को कुछ भी अच्छा नहीं लग रहा था। उसका दिल मायूस हो गया था दोनो बच्चे खेलने लगे। प्रताप सब समझ रहा था वो उसे दूर तक छोड़ने के लिये गया। दोनों कुछ बोल नही पा रहे थे।

अचानक संध्या ने चुप्पी तोड़ी और बोली,"तुम्हारे घर के लोगों को मै पसंद नही आई, ये मैं जानती हूँ। तुम अभी भी सोच लो क्या करना है?" कहते हुये संध्या की आँखे भीग गई।

प्रताप बोला," तुम चिन्ता मत करो संध्या मै सब ठीक कर दूँगा। मगर तुम ऐसी बात मत करो अब तुम्हारे बिना जीने की मै सोच भी नही सकता। संध्या तुमको मुझपर विश्वास है न।"

संध्या बोली," खुद से भी ज्यादा।"

"संध्या मुझे तुम्हारे लिये ये जमीन जायदाद छोड़नी पड़ेगी तो मै वो भी छोड़ दूँगा। तुम्हारे साथ एक नई दुनियाँ बसाऊगाँ। मुझे अगले हफ्ते मुम्बई इन्टरव्यू के लिये जाना है। आज घर मे बात करता हूँ अगर कोई राजी न हुआ तो मैं ये इन्टरव्यू देने जाऊँगा फिर तुम्हारे पिताजी से गर्व से तुम्हारा हाथ माँगने आऊँगा।"

संध्या प्यार से उसको देखते हुये बोली," कितना चाहते हो तुम मुझे प्रताप, आज मैं तुमसे वादा करती हूँ चाहे कुछ भी हो जाये मै तुम्हारा साथ हमेशा निभाऊँगी।"

प्रताप बोला," मैं तुम्हें उतना ही चाहता हूँ जितना तुम अपने पिता को चाहती

हो।"

संधया प्रताप से कोई भी बातें करती घूम फिर के मास्टर जी का जिक्र जरूर करती। कभी कभी प्रताप नाराजगी भी जाहिर करता। पर वो संध्या की इस बात की कदर भी करता था।

संध्या बोली," उन्होंने हमारे परिवार के लिये बहुत किया है। उन्हे एक बार हार्ट अटैक भी हो चुका है। मुझे उनके मान सम्मान की बहुत फिक्र है। मैं चाहती हूँ जैसे सब उनका सम्मान करते हैं तुम भी उनको वही इज्जत दो।"

प्रताप बोला, "जिस तरह तुम उनकी बातें बताती हो मेरे मन में उनके लिये बहुत आदर है। मैं तुम से पहले उनको खुश रखूँगा।"

संध्या गर्व महसूस कर रही थी कि उसे प्रताप जैसा जीवन साथी मिला है। उसने जोर से प्रताप का हाथ दबाया।

प्रताप ने चुटकी ली, "सम्भलकर मेरा हाथ मत तोड़ देना।" संध्या हंस दी।

संध्या घर चली गई प्रताप थोड़ा परेशान था उसे अपने घरवालों से इस व्यवहार की आशा न थी। रात को उसने जब घर पे संध्या का जिक्र किया तो सब ने उसके साधारण परिवार की बात आगे रख दी। साथ ही माँ ने कहा, "मैनें तुम्हारे लिये अपनी सहेली की बेटी से बात चलाई है। मैं अपनी जुबान दे चुकी हूँ और तुम एक साधारण सी लड़की के लिये हमसे बहस कर रहे हो।"

प्रताप ने सोच लिया कि इनसे बहस करने का कोई फायदा नहीं। उसने मुम्बई जाने का पक्का इरादा कर लिया। अगले दिन कॉलेज में संध्या से मिलकर उसने अपना निर्णय सुना दिया। संध्या का मन भारी हो गया पर उसने प्रताप के लिये सब बर्दाश्त करने की सोची। एक हफ्ता जैसे पलक झपकते गुजर गया। रिजल्ट भी आ गया था। दोनों अच्छे नम्बरों से पास हो गये थे। प्रताप ने पूछा "अब आगे क्या करोगी नौकरी या और पढ़ाई।"

संध्या तपाक से बोली, "शादी"।

"बहुत बिगड़ गई हो कहूँ मास्टर जी से।"

संध्या ने रूठने का बहाना किया।

प्रताप बोला, "अच्छा बाबा माफ करो कल मैं जा रहा हूँ भगवान से प्रार्थना करना ये नौकरी मुझे मिल जाये और तुम्हारी तमन्ना जल्दी पूरी हो।"

आज प्रताप को शाम को मुम्बई के लिये निकलना था। उसने अपने जरूरी कागज कुछ कपड़े व जरूरत का सामान सुबह ही बैग मे पैक कर लिये और साथ में संध्या की कुछ तस्वीरें भी रख ली थी। आज दोनों ने पूरा दिन साथ रहना तय किया था। दोनों अपने अपने काम जल्दी करके कॉलेज को निकले।

संध्या की माँ बोली "रिजल्ट तो आ गया अब कॉलेज क्यों जा रही हो?"

संध्या बोली "आज सब बच्चों को सर ने बुलाया है कि आगे क्या करना है सबने और एक पार्टी भी दे रहे है। सो देर हो सकती है।" यह कहकर वो चली गई।

कॉलेज से एक पहाड़ी रास्ता मंदिर को जाता था जिस मंदिर की बहुत मान्यता थी। कहा जाता था वहाँ जो माँगों पूरा होता है। चार किलोमीटर का पैदल सुनसान रास्ता था। दोनों ने वहाँ जाने की सोची थी। सो दोनों कॉलेज से निकलकर मंदिर को चल दिये। दोनों ने रास्ते में भविष्य के लिये कई सपने बुने।

संध्या ने कहा "मैं तुम्हारे बिन कैसे रहूँगी। हर पल मैं तुम्हारे साथ रहना चाहती हूँ। पर अब तुम इतनी दूर....... कहीं तुम मुझे भूल तो नही जाओगे।"

प्रताप ने कहा, "तुम्हें हमेशा के लिये पाने के लिये ही तो दूर जा रहा हूँ।"

बातें करते करते मंदिर भी आ गया। दोनों ने माँ के दर्शन किये व पंडित जी से आशीर्वाद लिया। फिर कुछ देर रूक के पहाड़ से नीचे उतरने लगे।

संध्या बोली, "चलो कहीं बैठते हैं।"

दोनों एक अच्छी जगह देखकर बैठ गये। प्रताप ने संध्या को एक छोटा सा उपहार जेब से निकाल कर दिया। संध्या ने खोला तो प्रफुल्लित हो गई। उसमें एक अँगूठी थी।

अपना हाथ आगे बढ़ाकर बोली, "पहना दो।"

प्रताप ने संध्या के हाथ मे अँगूठी पहना दी। फिर उसके हाथ को अपने हाथ में लेकर बोला ,"ये अँगूठी तुम्हें मेरी याद दिलाती रहेगी।"

संध्या बोली, "तुम्हारी यादें ही तो अब मेरे जीने का सहारा होगी।"

प्रताप से रहा न गया उसने संध्या को गले से लगा लिया। संध्या की आँखो से आँसू बह गये। बहुत देर तक वो संध्या के गले से लगा रहा। संध्या से दूर जाने का मन नही था उसका, मगर मजबूरी थी। संध्या सोच रही थी काश ये पल यूँ ही रूके

रहे। कितना सुरक्षित महसूस कर रही थी वो उस पल। जैसे उसके लिये प्रताप की बाहों से महफूज कोई जगह नहीं थी और प्रताप जिसकी धड़कने संध्या के सम्पर्क से तेज हो रहीं थीं उसने संध्या का चेहरा देखा। कितनी पवित्रता, कितनी सौम्यता थी उसके चेहरे में।

कुछ सोच के बोला, "चलो चलते हैं।"

संध्या ने आँखे खोली बोली, "क्या हुआ।"

प्रताप बोला, "तुम इतना प्यार दोगी तो मैं जा नहीं पाऊँगा।"

प्रताप खड़े होकर संध्या की तरफ हाथ बढ़ाते हुए बोला ,"अब तो यहाँ शादी के बाद भी आना पड़ेगा। इतना एकान्त और कहाँ मिलेगा?" संध्या प्रताप का हाथ पकड़कर खड़ी हो गई दोनों पहाड़ से उतर आये थे।

काफी समय हो गया था। दोनों ने एक दूसरे से भीगी आँखो से विदा ली व संध्या का फोन नम्बर लेकर फोन पर बात करने का वादा किया साथ ही दिन में फोन करने की बात भी तय हुई, उस समय मास्टर जी घर में नहीं रहते थे। संध्या घर आ गई।

प्रताप अपने घर गया। उसने घर पर सब को बताया वो नौकरी के लिये मुम्बई जा रहा है। भाई को उसके इस फैसले से कोई परेशानी नहीं थी। माँ से कुछ पैसे लिये। माँ को उसका जाना अच्छा नही लगा, पर बड़े बेटे की बात को वो कभी नहीं काटती थी।

वह चला गया। प्रताप को गये दो दिन बीत गये थे। संध्या का मन कहीं नहीं लगता था। अचानक दिन के 2 बजे फोन की घण्टी बजी। संध्या ने भागकर फोन उठाया। दूसरी तरफ से प्रताप की आवाज सुनकर संध्या का चेहरा खिल गया।

प्रताप ने बताया ,"उसे नौकरी मिल गई हैं मगर अभी तीन महीने ट्रेनिंग के लिये मुम्बई ही रहना होगा और ट्रेनिंग पीरीयड मे शायद वो उसे फोन न कर पाये।" सो उसने उसे एक फोन नम्बर दिया। अगर कुछ जरूरी बात हो तो उस नम्बर पर बात करने को बोला।

"तीन महीने" संध्या बोली, "यहाँ तो तीन दिन तीन साल जैसे लग रहे है।"

"ऐसे कहोगी तो मैं कल ही वापस आ जाऊँगा।"

संध्या ने कहा, "तुम अपना ख्याल रखना। मैं तुम्हारा इन्तजार करूँगीं।"

"ये दिन भी गुजर जाएँगे फिर हम साथ होंगे संध्या", प्रताप बोला। फिर उसने चुटकी ली.. बोला "बस मुझे पहचान लेना जब मैं तुम्हारे घर आऊँगा।"

संध्या बोली, "नहीं मैं तो तुम्हें जानती भी नहीं। पहचानूँगी कैसे"

दोनों हँसने लगे।

"अच्छा अब फोन रखता हूँ" बाय

बाय... बोलकर संध्या ने उदास मन से फोन रख दिया।

एक महीना बीत गया था प्रताप को गये। एक दिन मास्टर जी अपने प्रिय मित्र गोविन्द बाबू के साथ बाहर आंगन मे बैठे थे।

उन्होंने संध्या को आवाज लगाई "बेटी अंकल के लिये चाय ले आओ।"

संध्या चाय ले आई। उसने गोविन्द बाबू के पाँव छुये वे उन्हें तब से जानती थी जबसे उसने होश संभाला था। दोनों मित्र बहुत देर तक बातें करते रहे। फिर गोविन्द जी चले गये। दीनदयाल जी बहुत खुश थे।

आज रात को भोजन के बाद उन्होंने संध्या व ललिता को बुलाया और बोले, "संध्या को गोविन्द जी अपने घर की बहू बनाना चाहते हैं। यह हमारा सौभाग्य है। वह इतने बड़े आदमी हैं। फिर भी तनिक भी घमंड नहीं। उनका बेटा संजय इंजीनियर है। बहुत अच्छा कमाता है कलकत्ता में है। अपना घर भी ले लिया वहाँ उसने। मुझे तो ये रिश्ता बहुत पसंद आया। तुम्हारी क्या राय हैं ललिता?"

ललिता खुश होकर बोली, "अरे वाह इतने अच्छे रिश्ते के लिये कोई सोचता है। हाँ कह देते।" मास्टर जी बोले "मैंने अपनी तरफ से तो हाँ कह दी पर तुम लोगों की राय भी जरूरी थी। उन्हें संध्या चाहिये बस कोई दहेज नहीं चाहिये। विवाह भी जैसे हम कहेंगे वैसे करने को तैयार हैं। इससे बड़ी बात क्या हो सकती है। संध्या तुम क्या कहती हो?"

संध्या से कुछ कहा नहीं गया, बोली "पर मैं कैसे हाँ कहूँ मैने तो देखा--"

मास्टर जी बात बीच में काटते हुये बोले, "कल मिल लेना"

मास्टर जी की खुशी देखकर संध्या के होंठ सिल गये। वो चुपचाप अपने कमरे में चली गई। उसे रात भर नींद नहीं आई। उसे प्रताप को सब कुछ अभी बताने का दिल किया। पर रात बहुत हो चुकी थी। सो वो पूरी रात करवटें बदलते रही और

कब उसकी आँख लगी उसे पता न चला। अगले दिन संजय का पूरा परिवार मास्टर जी के घर पर आ गया। संध्या ने सोचा संजय को सब बता देगी पर बात करने का मौका ही न मिला। संजय बहुत ही व्यवहारिक था। उसने घर में सब का दिल जीत लिया था। वह दिखने में साधारण था परन्तु उसके स्वभाव की छाप सामने वाले व्यक्ति का मन मोह लेती थी। संध्या बहुत परेशान थी कि अचानक उसकी परेशानी और बढ़ गई, जब अचानक से गोविन्द जी की पत्नी ने बैग से दो सोने के कंगन निकालकर संध्या के हाथ में डालते हुये बोली "आज से संध्या हमारी हो गई।"

संध्या कुछ कहती इससे पहले ये सब हो गया। उसके दिमाग ने जैसे काम करना बंद कर दिया हो। वो हैरान थी कि उसके साथ ये सब क्या हो रहा है?

गोविन्द जी का परिवार जा चुका था। मास्टर जी भी कुछ काम से बाहर चले गये थे। ललिता रसोई समेटने में लगी थी।

संध्या अपने कमरे में रो रही थी। उसने प्रताप के दिये फोन नम्बर पर कई बार फोन मिलाया। मगर फोन किसी ने न उठाया। परेशान होकर वो रोने लगी। रह रह कर उसे अपने सब सपने टूटते नजर आ रहे थे। एक अनहोनी से उसका दिल काँप गया। क्या करे, कहाँ जाये? काश प्रताप यहाँ होता। आज उसको प्रताप की बहुत जरूरत थी। उसने ममता को फोन किया। थोड़ी देर में ममता उसके घर आ गई। संध्या उससे लिपटकर बहुत देर तक रोती रही। माँ पड़ोस में कीर्तन में चली गई थी। ममता को संध्या की बातें सुनकर बहुत दुख हुआ। वो उसे समझाती रही। पर संध्या की सिसकियाँ रूकने का नाम नहीं ले रहीं थीं।

ममता उसके लिये पानी लेकर आई और उसे समझाते हुये बोली, "एक बार प्रताप से बात हो जायेगी तो सब ठीक हो जायेगा। मुझे विश्वास है प्रताप सब ठीक कर देगा। तुम उसे फोन मिलाती रहो। मैं भी कोशिश करूँगी। जवाब आते ही तुमसे बात कराती हूँ। अपना ख्याल रखना अच्छा मैं चलती हूँ।"

प्रताप को मरचैन्ट नेवी में नौकरी मिली थी। जहाँ समुद्री किनारा होने के कारण फोन करना असम्भव था। नेटवर्क की भी परेशानी थी। सो वो फोन नहीं कर पाया। संध्या गुमसुम सी हो गई थी उसके चेहरे की रंगत उड़ गई थी। माँ पिता को लगा संध्या को माता पिता की चिन्ता हो रही है। कभी कभी मास्टर जी संध्या के पास बैठते पुरानी बातें करते, उसे समझाते, उसके सर पर हाथ फेरते। पिता का प्रेम देखकर वो कुछ कह भी नहीं पाती थी। फिर प्रताप का भी तो कोई पता नही था क्या कहती?

मास्टर जी का स्वास्थ्य भी खराब चल रहा था। डाक्टर ने हृदय रोग के चलते आराम की सलाह दी थी। 10 दिसम्बर विवाह की तारीख तय हुई थी। शादी की तैयारियाँ शुरू हो गई। 7 तारीख को अचानक दिन में एक फोन आया। संध्या ने फोन उठाया, दूसरी तरफ से प्रताप था।

बोला "कल मेरी ट्रेनिंग पूरी हो गई है संध्या"

सन्ध्या बोली "तुमने बहुत देर कर दी। मेरी शादी तय हो गई है। मैंने तुम्हें कितने फोन किये। तुमने कोई जवाब नहीं दिया।"

प्रताप बोला "ये सब क्या हो गया? तुमने मना क्यों नहीं किया।"

"मैं फँस गई थी प्रताप" कहते हुये उसने सब बातें बता दी।"

प्रताप बोला "अब क्या होगा? क्या तुम मेरे साथ शादी करने को तैयार हो?"

संध्या बोली "ये भी कोई पूछने की बात है। मैं तो उस दिन मंदिर में ही तुम्हें पति मान चुकी थी।" "ठीक है फिर हम दोनों को भागकर शादी करनी पड़ेगी। बोलो तैयार हो।"

कुछ देर तक संध्या चुप रही फिर बोली "मैं तुम्हारे साथ के लिये कुछ भी करूँगी प्रताप। मुझे पता है अब घर पर तुम्हारा रिश्ता लेकर आना बेकार होगा। क्योंकि संजय व उसके परिवार पर पिताजी अन्याय नहीं होने देंगे और सब रिश्तेदार भी आ गये हैं। तो बात करना बेकार है। अब तुम जो कहोगे मैं करने को तैयार हूँ।"

प्रताप बोला "मैं 10 तारीख को तुम्हारे घर ममता के साथ आऊँगा और मौका देखते ही हम वहाँ से निकलकर मंदिर में शादी कर लेंगे।"

"बारात आने से पहले आ जाना वरना मैं जान दे दूँगी" संध्या बोली

प्रताप ने अगले दिन शादी के लिये कुछ समान लिया व छुट्टी की अर्जी दी और शाम की ट्रेन से मसूरी के लिये निकल गया। 9 तारीख की शाम वो मसूरी में था। वो सीधे ममता के घर गया। ममता की माँ प्रताप को जानती थी।

"आओ बेटा! कब आये?" ममता को आवाज लगाकर बोली "ममता प्रताप आया है।"

ममता दौड़कर आई "क्या भाई! तुमने तो गजब कर दिया। न कोई चिट्ठी न फोन। यहाँ सब कुछ बदल गया।"

प्रताप बोला "मुझे सब पता है तुम्हारी मदद चाहिये" यह कहकर उसने सब प्लान ममता को बताया।

एक पल को ममता डर गई। उसे मास्टर जी का भी ख्याल आया। पर फिर उनका साथ देने को तैयार हो गई। ममता प्रताप के साथ सुबह 9 बजे संध्या के घर पहुँच गई। उसने प्रताप को अपने मामा का बेटा कहकर सबसे मिलाया।

मास्टर जी बोले, "तुम लोगों को तो जल्दी आना चाहिये। तुम लोगों से ही तो शादी की रौनक होगी।"

प्रताप की नजरें जैसे किसी को ढूँढ रहीं थीं।

मास्टर जी बोले "किसे ढूँढ रहे हो?"

प्रताप के मुँह से अचानक "जी सनं-----" कहकर रूक गया।

उसके हाव भाव मास्टर जी को अजीब लगे। मास्टर जी ने उनसे 30 मिनट बात की। सभी सहेलियाँ आ चुकीं थीं। सब प्रताप को देख कर आश्चर्य में थे। तभी ललिता वहाँ आई और बोली "आज दवाई भी नहीं ली, बीमार होना है क्या? अभी बहुत काम है घर में। दवा तो खा लो।"

"आता हूँ" कहकर वो चले गये। मगर ये 30 मिनट की बातें प्रताप के दिल व आत्मा को झकझोर गई। प्रताप ने वहाँ पर मास्टर जी के कई कामों मे हाथ बटाया। 4 बज गये थे। लड़कियाँ संध्या को तैयार कर चुकी थीं। बारात आने को सिर्फ दो घंटे थे। ममता ने संध्या को प्रताप के आने की खबर दे दी थी। संध्या ने मंदिर में शादी करने के लिये आवश्यक चीजें सब एक बैग में रख लीं थीं।

मास्टर जी को बाहर से किसी ने आवाज लगाई "अभी आया" कहकर वो गेट की तरफ जाने लगे। अचानक वो मुडे और प्रताप की ओर देखकर बोले "संध्या अपने कमरे में है जाओ मिल लो।"

प्रताप तेजी से कमरे में जाने लगा। मास्टर जी उसे देख रहे थे। कमरे में संध्या को देखकर प्रताप हैरान हो गया। चाँद का टुकड़ा लग रही थी वो। वो प्रताप से लिपट गई।

"कितनी देर कर दी तुमने। अब हमें जल्दी ही यहाँ से निकल जाना चाहिये। मैनें सब तैयारियाँ कर ली हैं। तुम यहाँ से निकलकर शिव मंदिर पहुँचो, मैं भी पीछे के रास्ते वहाँ पहुँच जाती हूँ। बारात आने से पहले हम शादीशुदा होंगे। चलो अब तुम

जाओ।"

प्रताप बोला "संध्या मैं मास्टर जी से मिलकर आ रहा हूँ।"

"तो तुमने उनसे कुछ——————"

"नहीं संध्या"

"तो क्या ...कुछ कहा उन्होंने... तुमसे"

प्रताप बोला "हाँ संध्या उन्होंने कहा उन्हें तुम पर गर्व है। उन्हें अपने संस्कारों पर नाज है। उन्होंने कहा तुमने उनके घर जन्म लेकर उनका नाम रौशन किया है। संध्या वो कह रहे थे कि तुम्हारे जैसी बेटी भगवान सब को दे। वो मुझे कह रहे थे आज उनकी जिन्दगी का सबसे सुखद दिन है। वो ये सब मुझसे ही क्यों कह रहे थे? शायद उन्होंने मेरी आँखो में तुम्हारे प्यार की तड़प पढ़ ली। मैं तुम पर कोई कलंक नही लगने दूँगा। मैं तुम्हें किसी की नजरों में गिरने नहीं दे सकता। खास कर तुम्हारे पिता की नजरों में, जिनकी तुम इतनी इज्जत करती हो। तुमने एक बार कहा था न, मुझसे पहले मेरे पिता को इज्जत देना। संध्या मैं पिता के प्यार के लिये बहुत तड़पा हूँ। मैं तुम्हें वो तड़प नहीं दे सकता। मास्टर जी चाहते तो मुझे कब का यहाँ से निकाल देते, मगर उन्होंने मुझे तुमसे मिलने की इजाजत दी। मुझे माफ कर देना। शायद हमारा मिलना इस जन्म में नहीं। पर तुम्हारे सिवा किसी को अपना भी न पाऊँगा। मैंने सिर्फ तुम्हें चाहा और मरते दम तक सिर्फ तुम्हारी यादें मेरे साथ होगी। मगर ये पाप न कर पाऊँगा।"

संध्या की आँखे भीगती चली गयीं। कुछ न कह पाई। प्रताप के लिये प्यार के साथ बहुत सम्मान हो चला था। उसने प्रताप के पाँव छू लिये। तभी दरवाजे के बाहर हलचल हुई। वो मास्टर जी ही थे जो बड़बड़ा रहे थे "काश तूने मुझे पहले बता दिया होता संध्या"। बारात आ गई थी, विवाह भी हो गया। प्रताप ने मास्टर जी की हर कार्य में मदद की। सुबह विदाई के समय सब रो रहे थे। सजल नेत्रों से एक तरफ प्रताप भी खड़ा बारात को ओझल होने तक देखता रहा। अचानक उसके कन्धे पर एक हाथ देखकर वो मुड़ा, वे मास्टर जी थे।

"मुझे माफ कर देना बेटा" कहकर उन्होंने प्रताप को गले से लगा लिया।

www.ingramcontent.com/pod-product-compliance
Lightning Source LLC
LaVergne TN
LVHW100558051026
849519LV00003B/1018
* 9 7 8 9 3 8 5 1 9 3 6 2 0 *